紙屋ふじさき記念館

あたらしい場所

ほしおさなえ

角川文庫
23861

目次

Kamiya Fujisaki
Kinenkan

目次・扉デザイン　西村弘美

第一話　記念館準備室

1

年明け早々に感染者数が増え、またしても緊急事態宣言が出て、大学から、今年も卒業式はなし、という通達があった。もちろん例年開催している卒業記念パーティーもなく、ゼミの食事会などもない。

これで大学生活も終わりか、と思うと、なんともさびしかった。去年の四月に緊急事態宣言が出たときは、こんなに長く学校が閉鎖されたり、飛行機が飛ばなくなったりする日が来るなんて思ってもいなかった。だが、いまでは、いつになったら完全にもとの状態に戻るのか見当もつかない。

わたしがアルバイトしていた紙屋ふじさき記念館は去年三月に閉館。これはコロナ禍とは関係なく、前から予定されていたものだ。記念館のはいっていた日本橋《にほんばし》のビルが老朽化し、周辺の大規模開発にともなって、建物が売却され、取り壊されることになっていたのだ。

建物がなくなったあとに本社ビルで続けられるはずだったワークショップもコロナ禍

によって開催がむずかしくなり、これまで作ってきた記念館オリジナルグッズの販売も思うようにできない日々が続いていた。

そんななか、記念館の館長をつとめていた藤崎《ふじさき》さんはあたらしい記念館の候補地を探していたらしい。はじめは以前と同じ日本橋周辺や墨田《すみだ》区押上《おしあげ》のあたりを考えていたようだが、藤崎さんのお祖母《ばあ》さまであり、前社長の奥さまでもある薫子《かおるこ》さんのところに、古くから藤崎産業と付き合いのある企業から、川越《かわごえ》の古い商家の建物を使わないかという誘いがあったのだそうだ。

もとは呉服店だったという蔵造りの貴重な建物で、社長と藤崎さん、そして藤崎さんのお父さまで藤崎産業の重役である藤崎晃成《あきなり》さんの三人で視察に行ったところ、社長も晃成さんも建物をかなり気に入ったらしい。

理由として、まずは建物の雰囲気が明治期までの紙屋藤崎の社屋と似ていることがあげられた。川越の黒い蔵造りは、そもそも日本橋あたりの商家を手本にしたものなのだそうだ。

明治以降、日本橋では近代化が推し進められ、おもな建物は石造りの西洋建築に建て替えられ、関東《かんとう》大震災や戦争で焼けたこともあって、黒漆喰《くろしっくい》の日本家屋はひとつも残っていない。川越の蔵造りの町並みは近代化以前の日本橋の面影を残している、とよく言われている。

今回の建物はもとが呉服店。もちろん紙の店とは細かい造りにちがいはあるのだろうが、建物全体の雰囲気は、記録に描かれていたかつての紙屋藤崎とよく似ているらしい。広さも魅力だった。道路に面した店蔵は、一階だけで以前記念館に使っていたビルの一室と同程度の広さがあり、二階もある。店の建物の奥に別に貯蔵のための蔵もあり、内部を改修すればこちらも使える。

店蔵の一階をショップ、二階はワークショップやイベントで使い、奥の蔵はかつての記念館に展示していた紙漉《かみす》きの道具や、紙屋藤崎の歴史にまつわる品をならべる展示室に、というのが藤崎さんのプランだった。

改修は伝統建築にくわしく、川越の建物を何度も手がけている真山《まやま》さんという建築士にお願いした。

問題は東京から離れてしまうことだが、藤崎さんはそれも逆に良いのではないか、と考えたらしい。川越は観光地で、古いものを求めてやってくる人が多い。和紙はそういう人たちのニーズにも合っているのではないか、というのだ。

たしかに以前大学のサークルの遠足で訪れたときも、川越は観光客でにぎわっていた。外国人観光客も多かったし、おみやげを買い求める人もたくさんいるだろう。記念館で扱う和紙は工芸品としての価値があるものも多い。器などにくらべれば単価が低く、手に取りやすい。

いまはコロナ禍で外国人もほとんどいない。だが、この状況も必ずいつか終わる。そのときに備えて、いまから準備をはじめたい、と藤崎さんは言っていた。

三月半ばに藤崎さんとオンラインミーティングをおこない、緊急事態宣言が解除されたらすぐに新記念館の建物を見に行くことになった。社長や晃成さんの後押しもあり、すでに社内会議も通り、建物の持ち主との契約も交わしたらしい。

——館内の内装も真山さんにお願いすることにしたんだ。せっかくの伝統建築だし、どうせなら壁も床も伝統工法で補修したいから。

藤崎さんはそう言った。

——伝統工法？

——そう。漆喰ってわかるかな？　日本の古い建物では、クロスが貼ってあるんじゃなくて、塗って固めたような壁があるだろう？

——ええと、白い壁ですね、なんとなくわかります。

——まあ、白とはかぎらないんだけど……。

藤崎さんが笑った。

——漆喰の作業をする職人さんを左官っていうんだ。熟練が必要な仕事で、できる人は少なくなってる。真山さんなら職人に伝手《つて》があるみたいで。

蔵造りの建物に、内部の床や壁も伝統工法で……？　和紙の製作に関してあれだけこだわる藤崎さんだし、かなり凝った作りになりそうだ。

——と言っても、左官は手作業で費用もかかる。そこは会社と相談しながらになる。和紙とちがって建築物だからね。規模が大きいから、完全に自由にはならないと思うけど。

まあ、僕もそこまでめちゃくちゃはできないってわかってるつもりだから。

藤崎さんはそう言っていた。

結局、川越行きは三月の最終週と決まった。朝、藤崎さんと池袋《いけぶくろ》で待ち合わせして、電車で川越に向かう。電話を終えてから、電車に乗って遠出するのは一年ぶりだと気づいた。

コロナ禍がはじまってからは家の近所を散歩するくらいで、遠出どころか都心にもほとんど出ていない。大学もアルバイトもないからきちんとした服を着る機会もなく、藤崎さんと直接対面するのも記念館閉館以来。なにもかも一年ぶりだ。

なにを着ていったらいいんだろう、と途方に暮れてしまった。入社面接や研修のときはオンラインでもいちおうリクルートスーツを着ていたのだが……。もう来月から藤崎産業の社員なんだからそれでいいのか。

記念館にアルバイトに行っていたときって、なにを着てたんだっけ。クローゼットからそのころの服を引っ張り出してみる。ふわっとしたブラウス、あかるい色のカーディガン。ギャザーやプリーツで広がるスカート。

わたし、こんな服を着てたのか。日本橋の記念館のことを思い出すと、なんだかとても遠くて、自分のことじゃないみたいだ。

楽しかったよなあ、あのころは。

和紙の世界に触れて、見るもの聞くものはじめてのものばかり。文字箱《もじばこ》の綿貫《わたぬき》さん、モリノインクの関谷《せきや》さん、箱職人の上野《うえの》さんといっしょに仕事をしたのも、めちゃくちゃ緊張したし、むずかしいこともたくさんあったけど、楽しかった。

なにより、藤崎さんと薫子さんからは数えきれないほどたくさんのことを教わった。和紙に関する知識だけじゃない。和紙の素晴らしさの向こうにそれを作った人がいること、長い歴史があること。藤崎さんも薫子さんも、だからこそ和紙を大切にしていた。その思いに触れて、わたしも和紙に愛情を感じるようになった。

いろんなことを教えてもらったんだよなあ。ほんとならこっちが授業料を払わないといけないくらい貴重な体験だったのに、あのころはそんなことにも気づいていなかったし、藤崎産業に入社すればそれがずっと続くと思っていた。

いまの状態が永遠に続くわけじゃない。藤崎さんはそう言っていたし、わたしもそう思う。ワクチンが普及して医療体制が整えば、どこにだって行けるようになるはず。そうは思うけれど、ほんとうにもとの世界に戻れるのかよくわからない。

紙こもの市だって、ワークショップだって、人が集まって、実際にものにさわれるからこその良さがあった。だけどいまは、あんなふうにたくさんの人が集まること自体が、なんだか怖いことのように思えてしまう。

いまのウイルスに対抗できるようになったとしても、また次の感染症がやってくるかも。ほかの脅威がやってくるかも。なんの心配もなく人が集って楽しめる日なんて、ほんとうに戻ってくるのだろうか。

世の中のことを考えるとひらひらした服を着る気にはなれない。就活用のグレーのスーツと白いシャツで行くことにして、クローゼットを閉じた。

2

三月最後の木曜日の朝、藤崎さんと約束した池袋駅に向かった。

電車は以前にくらべて空《す》いている。まだまだリモートワークが続いているところが多いのだろう。小中高校は再開したが、都内の大学はほとんどオンライン授業だ。わたしの行っていた大学も、来年度も基本オンラインだと聞いた。

サークル勧誘は今年もあまりできないだろう。小冊子研究会も、去年は説明会のあとでひとり入部があっただけ。どこの部も同じだけれど、リアルに集まって活動できないならサークルにはいってもしょうがないと感じる人が多いのかもしれない。

渋谷《しぶや》まで出て山手線《やまのて》に乗り換えた。わたしの通っていた大学は池袋にある。だからコロナ前は毎日乗っていた電車で、毎日通っていた駅なのだ。だが、なんだか身体がふわふわする。なにもかも現実じゃないような気がしてしまう。

しっかりしないと。四月からは正社員なんだから。

やってきた電車に乗りこみ、座席に腰かける。山手線もこの時間なのに空いてる。窓からぼんやり外をながめる。この風景も大学に行くときにいつも見ていたものだ。明治神宮の緑、原宿《はらじゅく》の街並み、新宿《しんじゅく》の高層ビル。みんな変わらずここにある。

そのことに少しほっとして、目を閉じた。


池袋で山手線を降り、東武東上《とうぶとうじょう》線の改札口に行くと、藤崎さんが見えた。立ったままタブレットをながめている。

思わず立ち止まる。記念館にいたころと同じスーツ姿。髪型も、背格好もなにも変わっていない。あたりまえだ。たった一年しか経っていないのだから。それに、オンラインでは何度も顔を合わせている。

でも……。実際に見ると全然ちがう。

ほっとして力が抜けそうになって、近づこうと歩き出したとたん、どきどきした。

「ああ、吉野《よしの》さん。久しぶりだね」

藤崎さんが顔をあげ、わたしがあいさつするより先に声をかけてきた。機械を通した音声じゃない、ほんとの藤崎さんの声だ。

「お……おはようございます」

そう言って、深く頭をさげた。なんだか胸がいっぱいだった。

「吉野さん、ちょっと変わったね。大人っぽくなったっていうか……」

顔をあげると、藤崎さんが不思議そうな表情でこちらを見ている。

「ああ、リクルートスーツのせいかもしれない。今日はこんなかしこまった格好じゃなくてもよかったのに」

そう言って、ちょっと笑った。

藤崎さんはちょっと痩《や》せた……？　オンラインでは気がつかなかったし、さっきひとめ見たときも気がつかなかったけれど、こうして近くで顔を合わせると、以前より少し痩せた気がした。

「出かけるのが久しぶりで、なにを着たらいいのかわからなくなってしまって……」

正直にそう答えた。

「そうか、大学生はみんなあまり出かけられない日が続いてたんだよなあ」

藤崎さんの言葉に、無言でうなずいた。

「卒業式もできなかったんだろう？」

「はい。ゼミもオンラインだけで……」

「でも卒論はちゃんと完成させたんだろう？　がんばったね」

驚いて、じっと藤崎さんの顔を見た。いつも厳しくて、なかなか褒めてくれない藤崎さんに、がんばったね、と言われるとは。

「入社試験のことも、こちらもみんな手探りで、万全だったとはとても言えない。学生さんたちの柔軟さに救われたところも大きかったんだ。こういうときだから見える能力もあるんだね。今年の新人は吉野さんを含めてみんな優秀だと思う」

藤崎さんに言われて、少しぽかんとしてしまう。

「全然です。わたしは藤崎さんに送っていただいた見本帳に救われただけで……。でも、ほかの人たちはたしかにみんな優秀ですよね。三次でわたしといっしょにグループ面接を受けたなかに、すごく優秀な男性がいましたよね。あと、不織布に関心を持っていると言ってた女性も」

「ああ、松岡《まつおか》さんと藤本《ふじもと》さんのことだね。くわしいことは入社してから話すけど、松岡さんは吉野さんと同じプロジェクトに関わってもらうことになるかもしれない」

「同じプロジェクト……？」

「そう、新記念館に関するね。まあ、メンバーのことはまた入社してから。じゃあ、電車に乗ろう。もうすぐ急行が出るから」

藤崎さんは早足で改札にはいっていく。わたしもあわててあとを追った。

ホームに出ると、急行はすでに入線していた。下りということもあり、がらがらである。電車に乗って、藤崎さんのとなりに座った。なんだかこの状況が信じられない。久しぶりのことで、気持ちが現実に追いついていない。

だが、藤崎さんの話を聞くうちに、少しずつ気持ちがしゃっきりしてきた。わたしたち学生は出来るだけ外出を避けるように言われていたし、出版社で働く母はほとんどリモートで仕事をしていたけれど、働く人たちがみなそうできるわけではない。

藤崎さんも医療用品部門の仕事を補佐しながら、新記念館の契約などで何度も現地に赴き、忙しい日々を送っていたようだった。

「新記念館は大掛かりなプロジェクトだからね。建築のことも、宣伝広報のこともきっちり進めないといけなくて。交渉ごとが多いんだ。社内会議もいちいち審査がきびしくて。毎回企画書だの見積もりだのがたいへんで……」

藤崎さんは笑いながら言った。

「この一年間、入社していちばん働いていた気がする。とにかく、すべての部署の人に藤崎産業全体にとって利益のある話だと納得してもらわないといけないから。でも、おかげで会社というもののことが少しわかったような気がする」

「どういう意味ですか？」

「大きな組織であたらしいことをはじめるのはたいへんなんだけど、大きな組織じゃないとできないこともあるんだ、ってこと。社員みんなでひとつになる。そういうことを気味が悪いと思っていた時期もあったんだけどね」

藤崎さんが笑った。

「僕は創業者の一族のひとりだから、自分の一族のために社員を使っているような気がして、そういうことに対する嫌悪感もあったんだ。でも、うちは紙屋藤崎だったころから一族以外の人を重用してたし、いまも一族以外の重役がたくさんいるからね。そういう単純なものではないんだ、と思うようになった」

その口調は確信に満ちていて、ずいぶん変わった、と驚いた。以前は和紙が好きで、和紙を生かすにはどうするか、そのことばかり考えていた。その情熱は素晴らしいものだったし、わたしも藤崎さんから教わったことで和紙の魅力に目覚めた。

でも、いまの藤崎さんは、和紙のことだけでなく、会社のなかで生きる人や、外の世界のことを考えて動いている。

まだしばらくは先の見えない状況だ。でも、悲観的になって閉じこもっているんじゃダメなんだ。わたしもしっかり頭を使って、次に向かう準備をしなければ、と思った。

川越に到着し、駅を出た。旧市街に向かうため、商店街を歩いていく。

人はあまりいない。前にサークルの遠足で来たときも同じような時間帯だったけれど、かなり人出があった気がする。長期休業や閉店のお知らせが貼られている店もあった。

商店街を抜けると、道の向こうに大正浪漫夢《たいしょうろまんゆめ》通りが見えた。前に来たときは、このあたりまでくると着物姿の観光客も増えてきていたが、今日はいない。

「しずかですね」

「観光客がいないからね。遠方から旅行で来る人たちは曜日を問わないだろう？　だから以前は平日休日関係なくツアーの観光客であふれていたみたいだけど」

以前来たとき、添乗員らしき人に連れられて歩いている外国人観光客の集団を何組も見かけたのを思い出した。

「東京に泊まっている人向けの日帰りツアーで、川越の蔵造りの町並みと秩父《ちちぶ》や長瀞《ながとろ》の自然を一日でまわるコースが人気だったみたいだよ。川越は江戸《えど》っぽい町並みも楽しめて、川越城もあるから」

秩父・長瀞とセットとなると、川越にいられるのはせいぜい数時間。かなり駆け足のプランである。だが、ツアーだとそんなものかもしれない。

「ただ、国内の人たちは少しずつ戻ってきているらしい。いまはみんな遠出ができない。それで、首都圏の人が週末にやってくるんだそうだ」

「泊まりがけの旅行はむずかしいから、日帰りで行けるところに、ってことですね」

「そうそう。東京から適度な距離で、旅行気分を味わえるからね。緊急事態宣言があけたから、春休みは少し人出が戻るんじゃないかな。といっても、そんなに長くは続かないだろうけど」

信号が変わり、道を渡る。

「いまは感染者数も減ってますけど、もう大丈夫、ってことはないんですよね」

「これまでのところ、増えて減ってのくりかえしだからね。このまま終息する、っていうのはちょっと考えにくいかな。ワクチンが普及するまではなんともいえないね」

「やっぱりそうですよね」

まだまだこの状況が続くのかと思うと、やはり気が滅入《めい》る。

「でも、どういう状況でも僕たちは生きていかないといけないわけだから。完全に終息するまで冬眠していることができれば楽なんだろうけど」

「そうですね」

「ここまで長引くと、感染症の問題だけじゃないからね。経済も疲弊していくし、社会がもとの状態に戻るには時間がかかる。しかも、感染症が終息するのがいつなのかも読めない。その状況のなかでいまを生きのびて、さらに次に備えるっていうのは、かなりむずかしいことだ」

藤崎さんは前を向いたまま、表情を変えずに言った。

「さて、ここで曲がるよ」

藤崎さんは大正浪漫夢通りの途中、前に鰻《うなぎ》を食べた小川菊《おがきく》より手前で立ち止まり、右にはいる小道をさした。

「新記念館の建物はこの道沿いにあるんだ」

藤崎さんはちょっと微笑んで、道を曲がった。遠足のときには行かなかった道だ。なにがあるのだろう、と思いながらあとに続いた。少し行くと、左手に建設予定地を囲む白いパネルがあらわれた。

「ここはむかし川越織物市場があった場所なんだ」

「織物市場？」

「そう。川越にはもともと呉服店が軒を連ねていたんだよね。ここに大きな市場があって、小さな店がたくさんはいっていたらしい。明治期に建てられた長屋でね。マンション建設で取り壊しの話もあったみたいだけど、住民の働きで保存が決まったんだそうだ。いまは本格的な再開発の準備がはじまって、なかにはいれなくなっているけど」

「再開発って、なにができるんですか？」

「くわしくはわからないんだけど、若手クリエイターがアトリエや店舗として利用できる施設にするっていう話だった。僕も写真でしか見たことがないんだけど、なかなか趣のある建物なんだよ。木造二階建ての長屋が二棟向かい合わせに建っていて、両方に奥行きのある庇《ひさし》があって……」

「それは素敵ですね」

明治期の建物に現代の若手クリエイターのアトリエショップがはいる。完成すれば新名所になりそうだ。

「それで、あたらしい記念館の建物はあっち」

藤崎さんが織物市場の斜向《はすむ》かいを指す。

「蔵造り……」

思わず息をのんだ。一番街《いちばんがい》にならんでいるのと同じ、黒い漆喰《しっくい》の壁に瓦《かわら》の屋根の建物だ。

あれが記念館になる……？

「いいだろう？　あれがあたらしい記念館になるんだ。あたらしい、っていうのも変な言い方だね。建物としては、前の記念館のビルより古いんだから」

藤崎さんが笑った。

「すごい……」

以前、藤崎さんに見せてもらった江戸期の日本橋の様子が描かれた絵のことを思い出した。当時の日本橋にはこういう建物がならんでいて、そのうちの一軒が紙屋藤崎だったのだ。ぼうっと建物を見あげ、タイムスリップしたみたいだ、と思った。

「なかも見てみようか」

「あ、はい」

あわててうなずき、歩き出した藤崎さんのあとを追った。正面の木製ガラス戸の内側に布がかかっていて、建物のなかは見えない。藤崎さんが鍵《かぎ》をあけ、布をよけながらなかにはいった。わたしもそのうしろについていった。

布のせいでなかは薄暗い。だが、なかにはいったとたん、うつくしさに目を見張った。白い漆喰の壁に木の柱と梁《はり》、床もきれいに塗り固められている。

建築のことなどなにも知らないけれど、これが人の手が作り出したものだということはよくわかる。柱の一本一本、人が測り、まっすぐに切り出し、組み合わされたもの。床も壁も人が塗り固めたもの。その緻密《ちみつ》さにため息が漏れた。

「どうですか？　なかなかいいでしょう？」

藤崎さんがにっこり笑った。

「素晴らしいです」

通りいっぺんの言葉しか出てこない。

「建物のことはよくわからないんですが、ほんとに素晴らしいと思います。藤崎さんにはじめて和紙を見せてもらったときと同じで……」

言い出したものの、言葉がなかなか見つからない。

「人の手ってすごいな、と思いました。精密で、でも機械で作ったものの正確さとはどこかちがってて。きれいで、見ているだけでじんとして」

うまく言いあらわせない。だが、この家の心に染み入るようなうつくしさ、ひっそりした雰囲気をどう言葉にすればいいのかわからなかった。

「そうか。この前ようやく漆喰を塗り終えたところでね。吉野さんに見せる前に仕上がってよかったよ。この状態で見せたかったから」

藤崎さんが微笑んだ。

「でも、ちゃんと仕上がっているのは一階だけ。二階と蔵はまだこれから手を入れないといけないんだ。二階はまだ畳もはいってないし」

「畳、なんですね」

「うん。せっかくの日本建築だからね。あそこから靴を脱いであがってもらおうと思うんだ」

藤崎さんが一階の右端にある階段前の板の間を指した。板の間の奥に階段があり、階段の下は引き出しになっていた。

「一階はショップだから土間、でも二階にあがるときは靴を脱いでもらう。まだ畳はないけど、二階にあがってみますか」

「はい」

うなずいて、板の間に向かう。靴を脱いで、藤崎さんのあとについて二階にあがった。まだ畳のはいっていない板の間が広がっている。

「二階は予算の関係で、もしかしたら壁は漆喰じゃなくて和紙を貼ることになるかもしれない。でも和紙の記念館だから、それもいいだろうと思って」

「そういえば、墨流し作家の岡本《おかもと》さんは壁紙の仕事をしていたって言ってましたね」

川越に工房を構える岡本さんは、書道用の装飾料紙、なかでも墨流しの技法を専門としている。だが、内装の仕事も請け負っていると言っていた。

「障子紙や襖紙《ふすまがみ》は和紙の使い道として大きなものだったんだよね。とくに襖紙は、塵《ちり》を入れたり、金銀を鏤《ちりば》めたりといった装飾も多用された。それは岡本さんが手がけていた装飾料紙の技術と重なるところも多いから」

岡本さんの工房を訪ねたのも、もう一年以上前のことだ。

「最近は一般家庭から和室が消えて、障子や襖も少なくなってしまったけど、建材としての需要はいまでもたくさんある。旅館や和風の飲食店の壁紙とかね。海外からの観光客を視野に入れて、和室以外の場所でも和の意匠を取り入れるようになったから。最近では、旅館だけじゃなくてホテルでも、和紙や日本の工芸品を使うところが増えた」

「わたしが記念館でアルバイトをはじめたころ、藤崎さん、『八十八夜《はちじゅうはちや》』の内装の素材の手配も請け負ってましたよね」

日本橋の老舗《しにせ》の日本茶専門店「八十八夜」で、現社長が店を閉じようとしたところ、孫にあたる翠《みどり》さんという若い女性が店を継ぐことになった。店舗を日本茶カフェに改装するにあたって、現社長がむかしから付き合いのある薫子さんに相談し、藤崎さんのところに話が来た。

「あれは内装すべてじゃなくて、壁の内の一面だけ。インパクトのある手漉《てす》き和紙を使っただろう？　そうじゃなくて、内装全体に和紙を使う。もちろん手漉き和紙にしたらすごい額になってしまう。だから建材にするために作られた機械抄《す》きの和紙を使うんだ」

「機械抄きの和紙……」

「建材としての強度が必要だし、燃えにくくする加工もしないといけない。だからそれ用に作った機械抄きの和紙に裏打ちするんだ。壁紙として使いやすいようにロールになってるものもあるんだよ。ふつうの壁紙と同じように扱える」

「そういうものがあるんですね」

「商品についても、記念館ではこれまで手漉き和紙ばかり紹介してきたけど、幅広く使ってもらうためには機械抄きの和紙も扱った方がいいのかもしれない。印刷適性のあるものもあるし、製紙会社も現代の紙の用途に合わせていろいろ開発しているから」

「あの……。藤崎さん、少し変わりましたよね」

「え、そう？」

藤崎さんがきょとんとする。

「いまの時代に合った和紙を提案する、ってところが……。以前は伝統的な和紙の魅力を多くの人に伝えたい、というのがいちばんの目的だったじゃないですか」

「こんなに素晴らしいものがあるのに、みんなが知らないのはもったいないと思ってたからね。でも、この一年、新記念館の企画を何度も会社の会議にかけるうちに、僕自身もかなり考えたんだ。結局、いまの社会のなかで必要とされているものを提供しないとダメなんだな、って」

そう言って天井を見あげた。

「新記念館を作るとなったら、社としても大きな話だからね。藤崎産業として恥ずかしくないものにしなければならない。内容が充実しているのも大切だけど、世の中に貢献することも考えないといけないから」

「そうですね」

わたしはうなずいた。

「祖母はクリエイターが和紙づくりで生計を立てられるようにしないと結局ダメなんだって主張していたし、僕もそう思う。だから、記念館でお客さんと作り手が直《じか》に相談できるようなシステムも作りたいし、単に展示と販売だけじゃなくて、やりたいことがいろいろあるんだよ」

「素敵だと思います」

「よかった。規模が大きくなって、吉野さんが戸惑うかもしれないと心配だったんだ」

「こんな素晴らしい建物を使うんですから、充実した施設にしたいです」

「うん。そうありたい、というか、そうしないとまずいからね」

藤崎さんは微笑んだ。


一階におり、裏口から建物の外に出た。小さな中庭があり、右手に蔵、奥にもう一棟建物がある。店の幅はそこまで広くなかったが、縦に長く敷地が続いている感じだ。

「奥に長いんですね」

「むかしの商家の造りだよね。いわゆる『鰻《うなぎ》の寝床』っていうやつだ」

「あ、京都の町家なんかと同じですね。むかしの税金対策で、間口が狭くて奥行きが長いっていう……」

むかし母や紫乃《しの》叔母《おば》さんと京都に旅行に行ったとき、そういう話を聞いた。江戸時代の建物に対する税金は『間口税』で、敷地の面積じゃなくて前面の幅で決まっていた。だから、間口が狭く、奥行きが長い建物になったとか。

「そうそう。こういう造りの建物、僕はベトナムのホイアンでも見たよ。日本人が多く暮らしていたからなんだろうね。道に面した間口は狭くて、縦に長い。奥の土間にかまどがならんでいて、日本の町家とよく似てた。道に面した部分は店舗だったり、外部の人と接するための部分で、プライベートな空間は奥にある。人が多い街に合った形なんだな、と感じた記憶がある」

庭は建物に囲まれているので、日がさんさんと降り注ぐ、という感じではない。植栽もあって、日陰が多かった。

「あれは井戸ですか？」

庭の隅にある木の蓋《ふた》をされた石組を指して訊《き》いた。

「うん。いまも水が出るかはわからないけど、むかしは飲み水もあそこから取ってたんだろう」

「あの奥の建物は……？」

店蔵ほどは古くない。窓はサッシだし、よくある中古住宅のような感じだ。

「あれが母家で、以前はあそこに人が住んでたんだ。店はだいぶ前に閉じて、店蔵は使ってなかったんだけど、母家の方は十年くらい前までここの持ち主だった人が住んでたらしい。いまは空き家だけど、まだ荷物が残ってるから使わない約束で。うちが借りることになったのは、店蔵と蔵だけ」

「そうなんですね」

それでもじゅうぶんな広さがある。

「蔵はまだ改修中でなかにはいれないんだけど、展示施設としては魅力的だよ。祖母が保管していた紙漉きの道具も映えると思う」

石造りの蔵は金属の重い扉で閉ざされている。

以前、名古屋《なごや》で開催された紙こもの市のあと、美濃《みの》市に行ったときのことを思い出した。美濃市の宿は、紙商の屋敷跡を改修したものだった。手前に和紙のギャラリーショップがあり、奥に宿泊用の部屋がある。

莉子《りこ》とわたしが泊まった部屋はかつての母家の一部だったが、藤崎さんは蔵を改修した部屋に泊まった。小さい窓はあったが、わたしたちの部屋よりひっそりしていた。

そういえば、岡本さんもご実家の蔵を工房にしていたんだっけ。あそこも天井が高くて、しんとしていて、集中できる雰囲気だった。

この蔵のなかもそんな感じなんだろうか。前の記念館に置かれていた古い紙漉きの道具が展示されたらきっと素敵だろう。建物自体、歴史的建造物だ。見るだけでもテンションがあがる。ここでもう一度記念館の仕事ができるなんて、なんだか夢みたいだった。

3

建物を出てから一番街のお店でお昼を食べた。

この一年で店の入れ替わりもけっこうあったようで、藤崎さんが町の人に紹介されたという、オープンしたばかりの中華料理の店にはいった。通り沿いの建物の二階にあり、内装はイタリアンのような雰囲気。広い窓から一番街の町並みを見下ろすことができる。

　メニューはコース式で、これまで食べたことのないような料理もたくさんあった。盛り付けもきれいで、どれもおいしかった。

「建物は見てもらった通りなんだけど」

　デザートを食べながら、藤崎さんが言った。

「ご覧の通り、一階はなんとか形になったけど、二階や蔵はまだこれから工事を重ねないといけない。正式に貸し出せるのは早くて秋くらいっていう話で、内装はそれから。建物の雰囲気を損なわないようにするためには相応のものを作らないといけないから、まだ相当時間がかかりそうだ」

「展示の準備にも時間がかかりますしね」

「ショップで扱う品物を選んだり、ワークショップのプログラムを組んだり、開館までにやらなければならないことは山のようにある。それで、『記念館準備室』という部署を立ちあげることになった。入社したら吉野さんはそこの所属になる」

「『記念館準備室』……」

「所属としては、僕の父のいる広報部になる。準備室に所属するのは、僕と吉野さんだけ。でもこのプロジェクトを進めるには、僕たちふたりでは足りない」

　これまでの記念館の仕事でも、ふたりでいっぱいいっぱいだった。記念館が広くなり、施設も増えれば人も必要になる。

「作業量だけじゃなくて、アイディアというかね。よりよいものにするためにほかの人の発想も必要だっていうこと。それで新入社員中心のプロジェクトチームを組むことになった」

「プロジェクトチーム？」

「そう。準備室の吉野さんに中心になってもらって、新人三人に参加してもらう。彼らはそれぞれの部署に配属されるが、その部署の業務をこなしながら、月に二、三度集まって、記念館の構成やイベントなどについて話し合っていく」

「どうして新人だけなんですか？」

「理由はいろいろある。まず、いまの社員のなかに記念館業務の経験者がいないんだ。一九九〇年代までは教室運営があったから記念館に何人か職員がいたんだけど、その後は前の館長がひとりしかいなくて、もうだいぶ前に退職してしまった。それからは吉野さんが来るまで僕がひとりでやってたから」

そもそも、わたしが来る前の記念館はだいぶさびれていて、館長も閑職。藤崎産業の営業部であまりうまくいかなかった藤崎さんがまわされてきた、と聞いていた。

「これまではそもそも会社も和紙部門についてあまり大きく考えていなかったんだよ。和紙の店からスタートしてるし、長い付き合いの会社もあるから取り扱いはしてるけど、発展していく部門とは思われていなかった。仕事は僕ひとりでじゅうぶん、もちろん新人を取るなんて発想はなかった。僕自身も和紙を知らない人に教えるくらいなら自分ひとりでやったほうが早いと思ってたし」

バイトをはじめたころの、紙にしか関心のない、無愛想な藤崎さんを思い出した。

「でも、吉野さんが来て、考え方も変わった。和紙を広めるためには、これまで和紙を知らなかった層に届けないとダメなんだって思ったし。そのためにはあたらしい人が魅力を感じるようなものを作らないといけないんだ、って」

「そうですね」

「いま社内で和紙に関心を持っているのは、前の館長を知ってる年配の層だけなんだよ。社長や僕の父も記念館は大事だと思っているけど、自分たちじゃどうにもならないとも感じてる。だから、僕に一任するっていうんだ。祖母の後押しもあったけど、ここ数年、記念館と和紙関係の業務をこなしてきたところが評価されたみたいだ」

藤崎さんは小さく息をつき、微笑んだ。

「僕と同世代やその下にも記念館業務に適した人材はいない。会社も表立って和紙関連業務があるとうたってたわけじゃないし、採用された人たちもみんな藤崎産業に和紙関係の業務があるなんて知らない人ばかりだったから。それで、今年は新記念館のことを視野に入れて採用面接をした」

「じゃあ、チームのメンバーは記念館に関心を持ってる人たちなんですか？」

「今回の採用試験でも、会社側は表立って和紙関連業務や記念館のことはうたわなかった。新記念館もまだどうなるか決まってなかったしね。でも、記念館のサイトやＳＮＳで記念館の活動やグッズを知ってる学生がいたんだ。もちろん採用はほかの能力も加味してのことだけど」

人を雇うというのは、お金のかかることだ。記念館用に人を雇うということは、会社もそれだけ記念館に力を入れているということなんだろう。

「僕としては、吉野さんや彼らの柔軟な発想に頼りたいし、上下のないフラットな関係を作りたいと思ってるんだ。チームに先輩社員を入れてしまったら、結局先輩が仕切って、あたらしいものが出てこなくなる気がして」

「わかりました。新人だけというのはちょっと不安ですが……」

「チームに所属するのは新人だけだが、最終的には広報部の会議にあげ、全体にはかるべきことは社内の全体会議にかける。ミーティングに広報部やほかの部署の人に参加してもらうこともある。判断を全部まかせるわけじゃないから、安心してほしい」

「それなら……。ほっとしました」

「新人だけでいこうって決めたのは、記念館バイト時代の吉野さんのがんばりを見てたからなんだよ。人間だれでも、人の手伝いだと思うと、受け身になってなにも考えなくなる。最後まで責任を持つ、そういう立場になってはじめて見えてくるものがある。大丈夫、ちゃんとできるよ。今回のメンバーも僕ができると思った人たちだから」

「わかりました。がんばります」

新人だけ……。ほんとうに大丈夫なんだろうか。藤崎さんに褒められたのはうれしいが、そこまでできるのか正直自信がなかった。

そのあと、三日月堂《みかづきどう》と岡本さんの工房にあいさつに行った。

わたしは一年ぶりだが、藤崎さんは建物の視察のたびに訪ねていたようで、みんなあたらしい記念館が川越にできることはもう知っていた。

わたしは、大学を卒業してこの春から藤崎産業の正社員になることを話した。弓子《ゆみこ》さんと悠生《ゆうき》さんは、小冊子研究会のメンバーで三日月堂でアルバイトしている楓《かえで》さんから話を聞いていたらしい。よかったですね、と祝ってくれた。

三日月堂はこのコロナ禍で、ふだんの名刺やチラシ作りの仕事がかなり減ってしまったらしい。とくに名刺は、人と人が会う場で使われるもの。オンラインが推奨される状況ではどうしても出番が減ってしまう。

その代わり、いまはオリジナルグッズの製作や、本作りに力を入れているらしい。以前から、楓さんが描いた植物の絵を活版印刷したポストカードを作っていたのだが、記念館と共同で、和紙のカードに印刷する企画も模索中だと聞いた。

岡本さんは、墨流しの様子をオンラインで配信するようになり、それがきっかけで、お菓子のパッケージや本の装丁などの仕事が来るようになった。新記念館がオープンしたら、展示とワークショップの連動企画をするという話も進んでいるようだ。

みんなちゃんと動いていたんだ。わたしが外に出られず、家にこもって卒論を書いているあいだにも、少しずつ話が進んで、あたらしいことに向かっている。そのことにほっとしつつも、この流れにちゃんとのっていけるのか心配でたまらなかった。

4

四月一日、本社の会議室で入社式がおこなわれた。

感染症対策で会議室に社員全員が集まることはできないとのことで、社長、重役と各部署の代表が数名と新入社員だけ。それでも、こんなに大勢の社員を間近に見たのははじめてだった。

社長はコロナ禍で社会全体が激動するなか、藤崎産業が目指すことをあげ、そのなかで新記念館オープンについても語っていた。第一営業部の代表として社長の長男の浩介《こうすけ》さんもあいさつをして、藤崎さんは新記念館事業に関する説明をおこなった。

同期はわたしのほかに八人。内定者は十人だったが、事情でひとり辞退者が出たらしい。包装資材を扱う第一営業部にひとり、書籍用紙を扱う第二営業部にふたり、第三営業部にふたり。医療用品部門にふたり。それから総務部にひとり。

面接や内定者懇親会で画面越しに見ただけで、対面で顔を合わせるのは入社式がはじめてだった。画面に映った顔から想像していたのとは体格や雰囲気がちがう人も多くて、やっぱり実際に会わないとわからないこともあるんだな、と思った。

翌日から研修がはじまった。新人全員で本社の外部にある倉庫や、医療用品部門の工場、主な取引先の見学などをしたあと、交替で各部署の仕事を体験した。

藤崎さんから新記念館プロジェクトチームのメンバーも聞いた。藤崎さんが推薦したのは、第一営業部の松岡さんと、第二営業部の本宮《もとみや》さん、第三営業部の烏丸《からすま》さん。すでに各部署の承諾も取れているらしい。

松岡さんは入社試験のグループ面接で超優秀だった人だ。藤崎さんの話では、お父さんは地方新聞社の重役で、本人も地方国立大学の経済学部を首席で卒業しているのだそうだ。

本宮さんは都内の国立大学の文学部出身。書店バイトの経験もあり、大学では朗読サークルに所属して、子ども相手の読み聞かせの会に参加したこともあるらしい。

烏丸さんは関西出身だが、大学進学で東京に出てきた。新入社員懇親会の自己紹介で、在学中にZINE《ジン》を作っていたという話を聞いていたので、どんな雑誌なのか聞いたところ、何冊か持ってきて見せてくれた。写真がメインで、ページ数は少ないが、スタイリッシュな冊子で、紙の選択も凝っている。

「かっこいいですねえ」

本宮さんは感心したように本をまじまじと見た。

「ファンシーペーパーは素敵なんですけど、高いんですよね。ほんとは本文にもいい紙を使いたいんですよ。でも凝り出すとお金がいくらあっても足りない」

烏丸さんは笑った。記念館で和紙のことばかり学んでいたが、洋紙にも特徴のある紙がいろいろあるんだ、と思った。

「書店で売ってるふつうの本とは雰囲気が全然ちがいますよね」

本宮さんが言った。

「採算を考えたら、商業出版ではこういうのはむずかしいかもです。いくつかZINEを専門に扱っている個人書店があって、少部数で、僕みたいな紙オタク、印刷オタクが作った採算考えてない冊子がいろいろ見られるんですけど」

烏丸さんが笑う。

「へえ。それはちょっと行ってみたいです」

本宮さんが関心を示した。

「実は、僕が藤崎産業を志望したのは、記念館で作られた『物語ペーパー』を見たからなんですよ」

烏丸さんがわたしを見た。

「えっ？」

物語ペーパーは作家だったわたしの父・吉野雪彦《ゆきひこ》が生前に書いた『東京散歩』という本の文章を抜粋して印刷している。『東京散歩』は、東京二十三区のひとつの区につき一編、二十三の掌編から構成された掌編集で、物語ペーパーにはその一部が抜粋されて刷られていた。

「紙オタク仲間から噂を聞いたんですよ。日本橋の書店ですごいものを見た、って。手《て》漉《す》き和紙に活版印刷、さらに蠟《ろう》引《び》きされたペーパーが売られている、って」

「日本橋の書店って、もしかして『文字箱』ですか？」

「そうです。文字箱はできた当時から話題だったんですよ。本も文具もすごいものがいろいろ置かれてるって。でも、手漉き和紙に活版印刷で蠟引きって、そんなのあるわけない、と思って。信じられない気持ちで日本橋まで見に行ったんですよ」

「文字箱は、藤崎さんの先輩が作った店なんですよ。その縁で記念館グッズを置かせてもらっていて」

「ええ、文字箱で聞きました。とにかくあのペーパーがすごくて。見た瞬間、打ち震えて、出ている全種類買いました」

「ええっ、全種類？」

　烏丸さんが言うように、物語ペーパーは手漉き和紙に活版印刷したものをさらに蠟引きし、本ではなく、一枚の紙の形で販売している。だが、とにかく手の込んだものなので、単価は高い。

　最初に文字箱と共同で作った中央区《ちゅうおう》編のあと、いくつかの書店と共同でその書店が所在している区の掌編を印刷した物語ペーパーを作るようになり、いまは十二種類になっていて、全部買ったら、余裕で五桁《けた》になる。

「物語ペーパーって、そんなにすごいものなんですか？　わたしも藤崎産業のことを調べてるとき、記念館のサイトを見つけて、グッズ類の写真は見たんですけど。販売は休止中だったので、実物はまだ……」

本宮さんが言った。

「あれは写真じゃなくて実物じゃないと迫力が伝わりませんよね」

「記念館が閉館しちゃったから、オンラインショップだけでも、って思ってたんですけど、通販のためには人手が必要で……。記念館グッズはそんなに売れるものじゃないから、そのためだけにバイトも雇えないってことで、再開できなかったんです」

わたしはあわてて答えた。

「もったいないですね。いや、実物見たら買うしかない、って感じでした。数量限定品だろうし、いま買わなかったら二度と手に入らないかもしれないって焦っちゃって。僕たちが作ってるものとは手間のかけ方がちがうんですよ。どんな紙マニアが作ったらこうなるんだ、って感じで……」

烏丸さんがため息をついた。

紙マニア……。たしかに藤崎さんは紙マニア以外の何者でもない。

「洋紙のファンシーペーパーにはかなりくわしいつもりだったんですが、手漉き和紙という世界を考えたことがありませんでした。失礼ながら、いかにも日本風の、古臭いものだと思ってたんです。でも、手漉きって言ってみればオーダーメイドなんですよね。オーダーメイドの紙ってすごいな、って……」

たしかに手漉き和紙はオーダーメイド。藤崎さんも自分の意向を職人さんに伝えてぴったりの紙を作ってもらっているし、逆に職人さんのあたらしい発想で作ったものを使ったりもしている。

そういうものだと思いこんでいたけれど、紙っていうのは、既製品から選ぶのがふつうなんだ。洋紙にはいろいろな種類があって、たくさん見本帳がある。研修で見せてもらったけれど、第一営業部も第二営業部も、あのなかから適切な紙を選んで使っている。

「文字箱で、物語ペーパーを作ったのが藤崎産業の運営している記念館だって聞いて、記念館で作ってるほかのグッズも見せてもらいました。それで、サイトやSNSもチェックして。紙こもの市にも行ってみようと思ってたらコロナ禍にはいっちゃって」

「あれ以来イベントはほとんど中止になってますからね」

「藤崎産業のことを知ったのが三年生の終わりくらいで、それまでほかの紙や印刷関係の企業のインターンもいろいろ行ってたんですが、藤崎産業も受けることにしたんです。そしたら、二次面接でまさかの記念館の館長が面接官で……」

藤崎さんが、今年は新記念館のことを視野に入れて採用面接をした、と言っていたのを思い出した。

「それで、物語ペーパーのことを熱く語って、自分の作ったZINEも見せたりして。記念館は閉館して今後どうなるかわからない、ああいうマニア的な製作はそうそうできないと言われたんですけどね。でも、そのときいろいろ話して、この人は本物のマニアだ、この人についていきたい、って思ったんですよ」

烏丸さんは目を輝かせた。

「和紙には可能性があるし、最初は無理でも、ゆくゆく少しでもそれにかかわる仕事ができたら、と思って。藤崎さんにそう言ったら、藤崎産業で扱ってるのは和紙だけじゃないから、って笑われたんですけど」

烏丸さんは藤崎さんのことを尊敬しているようで、「紙オタクの神」みたいな扱いになっている。まあ、オタク中のオタクであることにまちがいはないのだが……。

「だから今回、新記念館のプロジェクトに参加できることになって、めちゃくちゃうれしいんですよ。最初第一志望だった洋紙の専門店は最終で落ちちゃったんですけど、藤崎産業で良かったなって」

「そうなんですね。わたしは文具や紙雑貨が大好きで、紙こもの市にも何度か行ったことがあったんです。そこで『紙屋ふじさき』のブースを見かけたことがあって」

本宮さんが言った。

「え、ほんとですか？」

「ええ、『組子障子のカード』とか『紙の絵本』とか、いくつかグッズを買いました。和紙でこんなことができるんだなあ、ってすごく感動して。それから記念館のサイトやSNSをチェックするようになったんです。就活で藤崎産業の名前を見たとき、なんか見覚えがあると思って、『紙屋ふじさき』を運営してる会社だって気づいたんですよ」

「それで藤崎産業を受けたんですか？」

「そうなんです。文具メーカーも何社か受けたんですけど、そっちはうまくいかなくて。わたしも面接で藤崎さんにあたったんですよ。そこで紙雑貨が好きで、記念館のグッズも持っている、ってお話しして……」

ふたりとも親しみやすい雰囲気だし、紙に興味があるみたいだ。この人たちといっしょならなんとかやっていけるかも、とちょっとほっとした。

「記念館グッズですけど、通販だけでも先に再開できないですかね」

「そうですよね、いきなりオープンするより、少しずつ予告を出したり、オープン前の状況を流したりした方が話題作りにはなりますし、グッズ販売を再開させたら盛りあがる気がします」

烏丸さんと本宮さんの言葉に、たしかに、と思った。コロナ禍にはいってすぐのころは、世の中全体がそれどころじゃない雰囲気だったけれど、いまならできる気がする。

「結局通販を再開できないのは、だれが発送業務を担当するのかという問題が大きかったので、今度藤崎さんに訊《き》いてみます」

わたしはそう答えた。

全体研修が四月いっぱい続き、ゴールデンウィーク明けから新人も各部署に配属され、部署ごとの研修を受けることになった。

記念館準備室、といっても部屋があるわけではなく広報部の奥の壁際の小さなスペースなのだが、そこにわたしの机が割り当てられた。

わたしの仕事は、プロジェクトチームのミーティングの下準備。藤崎さんが新記念館完成までにしなければならないことをリスト化し、そのなかからチームで話し合うべきことを議題としてまとめる。その内容のチェックと、資料集めだ。

展示室の準備のため、記念館の収蔵品のリストを作るという仕事もあり、大学時代に博物館学の授業をとっておいたのが役に立った。

大学にはいったばかりのころ、先輩からは「学芸員は狭き門でそうそうなれないよ」と言われた。学芸員になりたいという強い気持ちがあったわけではないが、こんなことを学べる機会はいましかない、と考えて、思い切って受講したのだ。

校外学習や課題も多く、途中で何度かとったことを後悔したけれど、勉強にはなった。こんな形で役に立つとは思ってもみなかったが。

新記念館には、薫子さんの家の倉庫にある品物も一部展示する計画があった。そのため、まずは薫子さんの持っている品々も一覧表に加えることになり、薫子さんの秘書である朝子《あさこ》さんに連絡し、リストの作成をお願いした。

本宮さんと烏丸さんから言われた記念館グッズの通販の件も、藤崎さんに提案してみた。藤崎さんは少し考えてから、それなら中途半端にはじめるのではなく、新記念館オープンの一環として、サイトを整備し直してからにしようと言った。

「父にも相談してみたんだよ。それだったら、きちんと新記念館のサイトを作ってから、オンラインショップを先行オープンする形式の方がいいんじゃないか、って言われた。内容をしっかり練って、あたらしいものができますよ、って打ち出した方が効果的なんじゃないか、って」

藤崎さんのお父さんの晃成さんは、長年藤崎産業の広報部の仕事をしてきた人だ。しばらくヨーロッパ支社勤務になっていたが、広告にはくわしい。

「来月の半ばにプロジェクトチームの顔合わせをしようと思うんだ。サイトのこともそのときに相談しよう。通販だけじゃなくて、きちんと新記念館のイメージを織りこんだサイトにする。まずは新記念館のコンセプトを考えないといけない」

「コンセプト……」

「記念館がどういう場所なのか、はじめての人に伝えるための言葉が必要だ。その雰囲気に合わせてロゴも決めて、サイトのデザインを決めて、それに合った写真を撮って……。ちゃんとデザイナーに頼むし、そこからのスタートだよ」

前よりずっと大ごとなんだな、と思う。あれだけの建物を使うんだからあたりまえか。バイトだったころはそのときそのときの企画を乗り切ればよかったけど、今回はそうはいかない。ちゃんと最初に全体を見渡さないといけない。責任重大だ、と思った。

5

　六月半ばすぎの月曜日。新記念館プロジェクトチームはじめてのミーティングがおこなわれた。松岡さんも含めた新人四人と藤崎さん。晃成さんも出席し、記念館の歴史や意義、藤崎産業が新記念館に期待することなどを話した。

「プロジェクトの細部については、藤崎一成《かずなり》館長と君たち四名で詰めていってもらいたい。進行状況は広報部全体で共有しているし、月に一度の広報部の会議でも決まったことを報告してもらう。不足や不明点があればその際に指摘します」

　晃成さんが全員を見まわす。

「案出しからアイディアをまとめるところまで、館長と先入観のない君たち四人で話し合っていってほしい。会社として記念館に入れてほしいものは、すでに館長に伝えてある。だからそのことは考えなくていい」

「『これを入れないといけないんじゃないか』という発想ではなく、『これがあったら楽しい、お客さまが喜ぶ』という発想で、いまの若者の目で見て魅力があると思うものを積極的に提案してください」

　藤崎さんが言った。

「我々が作りたいのは、終わってしまったものを展示する施設じゃない。いまの人が楽しんで、あたらしいものを生み出していけるような、そういう施設なんです。だから記念館と銘打っていますが、博物館ではなくお店です。以前の記念館でおこなっていたようなワークショップやイベントを開催するのもいい。形のない、どうしたら実現できるかわからないものでもいい。とにかくアイディアを出してほしい。実現する道はわたしたちもいっしょに考えるから」

晃成さんの言葉に、みんな深くうなずいている。

「まだ雲をつかむような話ばかりですが、建物の間取りなどを見れば、もう少し具体的に考えられるようになるでしょう。緊急事態宣言もとりあえず解除されましたし、近く川越の新記念館の見学に行きたいと考えています」

六月の半ばすぎ、感染状況がやや落ち着いて、緊急事態宣言は解除された。といっても、東京都には引き続きまん延防止等重点措置が出ていたのだが、今後いつまた状況が変わるかわからない。

「日程は少々急ですが、今週の木曜の午後。午後二時に本社出発で、見学終了後は直帰ということで、すでに各部署の承認は取ってあります」

藤崎さんが言った。

「見学に行く前に建物の概要と間取りなどを頭に入れておいてほしいので、資料を作成してあります。吉野さん、プロジェクター、お願いします」

「はい」

パソコンを操作し、資料のスライドを提示した。スクリーンに藤崎さんが撮影した建物の外観が映ると、本宮さんと烏丸さんが、おお、と声をあげた。

「蔵造りの建物とは聞いてましたが……。すごいですね」

烏丸さんが言った。

「皆さんは川越に行ったことがありますか？」

藤崎さんが訊いた。

「いえ。まだ行ったことはありません」

松岡さんが首を振った。

「僕は、大学時代に一度、古い建築をテーマにした雑誌を作っている友人と行きました。思ったより広くて、見どころも多いので、一日ではまわりきれない印象でした」

烏丸さんが言った。

「わたしは家が東武東上線沿線なので、ときどき行きます。川越まつりも何度か。でも、この建物には気づきませんでした。どこにあるんですか」

本宮さんが訊いた。

「川越織物市場の斜向《はすむ》かいです」

「川越織物市場……？」

「だいぶ前に閉鎖されてしまったので、目につかないかもしれませんね。大正浪漫夢通りの途中からはいる横道の途中にあるんですが。大正浪漫夢通りからはすぐなので、アクセスは悪くないですよ」

藤崎さんに言われ、画面を地図アプリに切り替えた。

「このあたりですね。ここが川越織物市場で、新記念館の建物はここです」

画面上で位置を説明する。

「ここにこんな大きな施設があったんですね」

本宮さんは少し驚いたような顔になった。

「いまは閉鎖されていますが、川越織物市場も近くリニューアルする予定だそうで、若手クリエイターのアトリエ兼ショップのような形で話が進んでいるようです」

「じゃあ、そちらとの相乗効果も期待できそうですね」

烏丸さんが言った。

そのあと、建物の間取り図を表示し、藤崎さんが全体のプランを説明した。

「僕としては、道に面した店蔵の一階をショップ、二階はイベントやワークショップのスペース、奥にある蔵を展示室、という構成を考えていますが、これは今後、このチームで話し合って決めていきたい。どうでしょう、質問はありますか」

藤崎さんがわたしたちの方を見まわす。松岡さんがすっと手を挙げた。

「記念館の構想の根本の話に戻ってしまうんですが、よろしいでしょうか」

松岡さんが落ち着いた口調で言う。

「もちろん。そこから見直すのもこのチームの役割だから」

藤崎さんが答えた。

「建物も素晴らしいですし、川越という土地には古いものに興味のある人が多く訪れると思いますから、この建物に和紙となれば、話題を集めることはできると思います。外国人観光客も立ち寄ってくれそうな気がしますし」

松岡さんはそこでいったん言葉を止めた。

「でも、この施設がいまの藤崎産業にどのようなメリットがあるのか、そこがあまり見えてこない気がするんです」

「いまの藤崎産業？　藤崎産業という会社全体ということですか」

藤崎さんが訊《き》き返した。

「はい。藤崎産業の起源が和紙の店であることは承知してますし、その伝統を重視することで会社のブランドイメージにプラスになるとも思います。ただ、現在の藤崎産業の売り上げの中心は家庭紙や医療用品部門ですよね。この記念館を訪れた人に藤崎産業の現在の仕事に関心を持ってもらうような要素がないと、企業の宣伝として意味があるのかわからないと感じました」

松岡さんが理路整然と話す。

「なるほど。バブル期には、その企業の業務内容とは無関係の文化支援をおこなう企業も多かったが、いまがそういう時代じゃないことは確かだね」

晃成さんがうなずく。

「この事業がそうした企業メセナとは質がちがうのはわかります。和紙という藤崎産業のルーツに立ち帰るわけですから。紙の商社というもの自体、世の中に認知されにくい存在ですし、まずはその存在を認知してもらい、会社の名前を覚えてもらう。そのためにそうした伝統を前に出すのは有効だと思います。ただもう一歩、いまの藤崎産業の業務内容につなげる要素があった方が良いのではないか、と考えました」

松岡さんの発言を聞きながら、すごい、と思った。プロジェクトに対する批判的な疑問点をしっかり上司に伝えている。グループ面接のときも感じたことだが、わたしにはとても思いつかない。

「その問題は広報部でも何度か検討した。なにしろ、お金のかかる企画だからね。建物のことだけじゃなくて、宣伝告知にも費用をかけなければいけない。記念館を新設するメリットがどこにあるのか。企業ならいちばんに考えなければならないことだ」

晃成さんが答える。

「では、我が社の根幹とはなんなのか。戦後、扱う紙は洋紙に変わったが、包装資材や出版、印刷用の紙の需要が増大して、我が社の主力商品になった。我々の世代としては、そうした紙が我が社の中心というイメージがある。でも出版不況も長く続いて、宣伝告知もオンライン利用が増えてチラシやＤＭの需要も減った。このコロナ禍でさらにペーパーレス化が進んで、ＯＡ関係の用紙も不要になりつつある。いま情報は必ずしも物質としての媒体を必要としなくなっている。この流れはもうもとに戻らないだろう」

「そうですね」

松岡さんがうなずく。

「それは僕らみたいな紙の本が好きな人間からすると、ちょっとさびしい話ですね。僕らからすると、やっぱり紙は情報を載せるためのものであってほしいというか……」

烏丸さんが、うーん、とうなった。

「わかります。紙の本が好きな人はまだまだいると思うんですけど」

本宮さんも少し悲しそうな顔になった。

「たしかに世の中の大半の人はネットから情報を得るようになっていますよね。資源の問題もあるし、紙の印刷物の世界が縮小していくのは防げない。そうなればお金もかけられなくなる。むかしのような凝った装丁の本はなかなか作れない、っていう話も読んだことがありますし」

烏丸さんは考えこんでいる。

「でも、そういう時代だからこそ和紙に焦点を当てるのは意味があるんじゃないでしょうか。工芸品と同じ、手作りの高級品。でも器や絵画ほど高価ではない。手に取りやすい価格で提供できる。紙のあたらしい形として魅力的だと思うんですが」

本宮さんが横から発言した。

「そうですよね、たしかに記念館の物語ペーパーはものとしての存在感がありました。ZINEを作ってる人間からすると、ここまでできるのか、って感動しましたし」

烏丸さんは、わが意を得たり、という表情になった。

「その通りだと思います。しかし問題は、それがいったいどれくらいの人の心をとらえられるか、ですよね。安く、場合によっては無料でさまざまな娯楽が手に入る時代に、ものとしての良さでどれだけ売れるのか。大量の本や雑誌が作られ、買われていた時代の利益には遠く及ばないのではないでしょうか」

松岡さんの発言を聞いているうちに、藤崎さんがなぜ松岡さんをチームに入れたいと思ったのかがわかった気がした。わたしも烏丸さんも本宮さんも紙が好きなのだ。だから、心のどこかで紙の魅力がみんなにも伝わるはずだと思っている。

でも、実際にはたぶんそんなことはない。紙こもの市にもたくさんの人が集まっているように見える。でも、そこに集まってきているのは、そういう趣味を持つかぎられた人だけ。本や雑誌がたくさん売れていたころにくらべたら微々たるものなんだろう。

「家庭紙や医療用品や美容用品は、実用品ですから使われなくなることはないでしょう。でもそこにあるのは価格の競争だけ。だから、藤崎産業という名前を人々に覚えてもらうために記念館が必要というのはわかるんですが」

松岡さんが首をひねる。

「会社の個性として、江戸期創業の古い会社というのはアピールポイントになりますよね。それに、和紙の製法を生かして不織布を開発していますから、和紙を前面に出すことに意味もある。和紙に焦点をあてた記念館というのは筋が通っていると思いますが」

烏丸さんが切り返した。

「まずは来館者を増やすことが大事だと思うんです。以前の記念館で作っていた紙雑貨には、人の心を惹《ひ》きつける楽しさ、うつくしさがありました。だからSNSでも話題になった。不織布や家庭紙といった要素まで盛りこもうとすると、お勉強っぽくなってしまう気がしますし、わたしは和紙のテーマパークみたいな形にして、純粋に楽しめる場所にした方がわかりやすくていいと思います」

本宮さんも主張した。

わたしもずっといまの時代に和紙の魅力を世に問う理由について考えてきた。だが、藤崎産業全体に対する記念館の意義となると、正解を出すのはむずかしい。

「記念館の役割についても検討の余地はあります。ひとつに集約させる必要はありませんが、展示もショップもイベントやワークショップも、中心になるイメージはあった方がいいですね」

藤崎さんが言った。

「そうですね。今回の話し合いはわたしにとっても有意義でした。まずは記念館の方向を掘りさげて考える。そこからスタートしましょう」

晃成さんがみんなを見まわす。

「今日明日で結論を出す必要はありません。オープンまでまだ時間がありますし、ゆっくり考えていきましょう。我々古い社員が口出しすると議論が発展しないかと思っていましたが、今日の様子を見ているとそんな心配はないようですね。我々もときどき参加して、意見交換をしたいという気持ちになりました。まずは川越の建物をじっくり見て、イメージをふくらませてください」

晃成さんの言葉でミーティングは終了した。

ミーティングが終わったのは十二時前。松岡さんは第一営業部から呼び出しがあり、すぐに戻っていった。本宮さん、烏丸さんとわたしは、早めにランチを取ることにした。

緊急事態宣言が解除されても、外でランチを取るのはなんとなく憚《はばか》られ、近所でお弁当を買って会議室で食べることになった。

と言っても、本社近辺にはあまりお弁当を買える場所がない。近くのコンビニのお弁当はもう食べ飽きていたし、その日は本宮さんの勧めで、駅の方に少し戻ったカフェに行くことにした。お昼時に日替わりのテイクアウトランチが出るらしい。

「十二時を過ぎてから会社を出ると列になっちゃってるときもあるんだけど、今日は少し早いから大丈夫だと思う」

本宮さんに言われて、三人で店に向かった。

「松岡さんってすごいよな」

歩きながら烏丸さんが言った。

「ほんと、弁が立つっていうか」

本宮さんがうなずく。

「けど、思ってたよりニュートラルでよかった」

「どういう意味？」

本宮さんが訊《き》いた。

「いや、新入社員懇親会のときは、うわ、出木杉《できすぎ》くんだ、って思ったし、第一営業部の藤崎浩介課長のお気に入りだって聞いてたから……」

「ああ、社長の長男の……。藤崎が多いからややこしいよね」

本宮さんが笑う。

「藤崎館長とはいとこだけど犬猿の仲だって話だし、第一営業部の藤崎課長は記念館不要論を唱えてた、って話だったから」

「え、そうなの？」

本宮さんは知らなかったのだろう、目を丸くした。

記念館の仕事にいちばん近い包装資材を扱う第一営業部には藤崎さんの天敵の浩介さんがいる。浩介さんは現社長の長男。一方、藤崎さんは、社長の弟の晃成さんの長男。要するにいとこ同士で年も近いが、どうにも折り合いが悪いのだ。

藤崎さんは子どものころ前社長の家に預けられることが多かった。和紙好きで記憶力が良く、お祖母《ばあ》さまの薫子さんの持っていた和紙をすべて覚えてしまい、前社長と薫子さんに可愛がられていた。

藤崎さんは、藤崎産業を継ぐのは長男の長男である浩介さんと決まっていたし、自分が贔屓《ひいき》されているわけではなかった、と言うが、浩介さんはそう思っていなかったみたいだ。さらに子どものころ、藤崎さんの何気ない一言で浩介さんはプライドを傷つけられてしまったようで、それ以来敵視されているらしい。

浩介さんは和紙部門そのものにも疑問を感じているようで、記念館不要論を唱えているという噂もあった。今回の新記念館の件でも、浩介さんは絶対反対してくるだろうと思って不安だったのだが、そこはなんとか切り抜けたみたいだ。

「だから松岡さんももっとごりごりに反対してくるのかと思ってたけど、そうでもなかった。それに言ってることにも妥当性があったし」

「ほんとだね。わたしたちとは全然ちがうタイプの考え方だけど、あれはあれで……」

本宮さんもうなずいた。

「分析力があるし、今日は俺、なんか負けたな、って思った」

烏丸さんがぼやく。

「そんなことないですよ。方針を立てることと、実際のものづくりはまた別ですし」

本宮さんがあわててフォローする。

「烏丸さんの作ったZINEはカッコよかったですし、記念館でグッズを作るときにもきっとあのセンスを活《い》かせますよ」

「そうなんかな。でも、カッコいい冊子はお金かければいくらでもできるんですよ。問題は売れるかどうか。俺たちの仲間も、仲間同士は買うけど、それが外のお客さんに響くのか、って言われるとよくわからないところもあるから。ときどきこれって結局自己満足なんじゃないか、って凹《へこ》むんだよね」

　烏丸さんがため息をつく。

「今日はなんか、そういうことを目の前に突きつけられた、って感じした。みんな大学卒業してからもしばらくはZINEを作ってるけど、だんだんやめていっちゃうんだよね。ほかにやりがいのあることを見つけた、っていうのもあるんだろうけど」

「そうなんですか。でも、そうですよね。わたしの知り合いでも、ある程度までは朗読や創作を続けてるけど、やめちゃう人はけっこういます」

　本宮さんもこぼした。

「もちろん、プロになる人もいるし、地道に個人で作り続けている人や、個人書店はじめた、なんていう人もいるんだけどね。そういうのはやっぱりある程度根性のある人で……。結局売れなかったら気力が続かなくなるんかな、と思ったり」

　烏丸さんがはあっと息をついた。

「内容によるところも大きいと思うし」

「内容？」

　本宮さんが訊き返す。

「そう。文章っていうか。物語ペーパーを見たとき思ったんだ、この文章いいなあ、っで。吉野さんのお父さんなんだってね」

　烏丸さんがわたしの方を見た。

「え、ええ。小さいころに亡くなったので、はっきりした記憶はないんですが」

　いきなり話を振られて、ちょっと焦りながらそう答えた。

「やっぱ、プロの作家だからなんかな。伝わってくるものがあるんですよ。それで、全体を読みたくなって、文字箱で古本、買ったんですよ。『東京散歩』の」

「そうなんですか？　ありがとうございます」

「全部読みました。それで、最近あんまり本を読んでなかったなって、すん、としちゃって。俺のＺＩＮＥは紙や装丁やレイアウトには凝ってたけど、言葉はここまで突き詰めてなかったな、って反省したんです。物語ペーパーは、和紙とか活版とか蠟引《ろうび》きとか、造りもすごいんだけど、文章がそれに負けてないんだよね。中身にそういう重さがないとダメなんだな、って」

「それはそうかもですね」

　本宮さんもうなずく。

「松岡さん、むかしの本がたくさん出版されてたころの話してたでしょう？　俺も親から聞いたことありますよ。むかしは漫画雑誌が何百万部も売れたとか」

「わたしも聞いたことあるよ。映画とタイアップで何百万部も売れたベストセラーがあるとか、俵万智《たわらまち》の短歌集がめちゃくちゃ売れたとか、吉本《よしもと》ばなながすごかった、とか……

「……」

本宮さんの話で、わたしも母から聞いたことを思い出した。母はいまも編集の仕事をしているが、むかしとは全然状況がちがう、とよく言っている。

「けどさ、いまだってみんなスマホで文章のコンテンツは読んでるんだよね。投稿サイトもブログもあるし、SNSだって。でも、紙じゃなくてもよくなってしまった。その時代に紙でなにができるのか、っていうのは、本質的な問いだよなあ」

「あ、あそこだよ」

本宮さんが少し先の店を指す。店の前面はガラスで、戸は開きっぱなしになっている。その前に今日のランチメニューが書かれた小さな黒板が出ていた。

「へえっ、おいしそうだね。ケイジャンチキンランチと、キーマカレーか」

烏丸さんがメニューボードを見る。

「サンドイッチもあるんだよ」

本宮さんに言われて、サンドイッチメニューを見た。ふわふわたまごサンドという文字に惹《ひ》かれて、それを頼むことにした。

レジ前にはふたり先客がいたが、すぐに順番がまわってきた。注文したあと、店のなかの椅子に座ってできあがりを待つ。

「さっきの話、部長と藤崎さんの言う通り、じっくり考えるしかないよね」

本宮さんが言った。

「まあ、そうだよな。とにかく俺は藤崎さんについてくつもりだから。舎弟として」

舎弟……。ずいぶん慕われているみたいだ。思わず笑ってしまった。

「吉野さんのことも尊敬してますよ。記念館グッズはほとんど吉野さんの考案だって聞きました」

烏丸さんがこっちを見た。

「ええ、まあ、それはそうなんですけど」

なんと答えたらいいかわからなくなって口ごもる。

「SNSやサイトも、吉野さんの発案で作ったんですよね」

「いえ、SNSはもともとアカウントはあったんですよ。ただ全然運用してなかったのでそれをイベント前に活用するようにして……。サイトも一応わたしが作ったんですが、形を整えたのは館長ですから」

藤崎さんはほんとに優秀な人なんだ。最初やる気がなかったけれど、紙にはくわしいし、なにより情熱がある。

そのとき、できあがりました、という店の人の声が聞こえた。包みを受け取り、会社に戻る。本宮さんと烏丸さんはこのあたりの飲食店の話題で盛りあがっているが、わたしは浩介さんのことが気になっていた。

浩介さん自身は新記念館についてどう考えているんだろう。新記念館の企画はもう動き出して、藤崎さんは建物の契約についても話が進んでいると言っていた。浩介さんの記念館不要論はどうなったんだろうか。

入社式で姿を見かけただけで、わたし自身は浩介さんと接触する機会がないし、藤崎さんも浩介さんの話をなにもしない。社長も乗り気だし、本決まりになったから引き下がったということ？　一族の内情に関する話だし、こちらから訊《き》くわけにもいかないが、今後なにか起こったら、と少し不安になった。

6

川越行き前日の夜、母と夕食の片づけをしているときスマホが鳴った。メッセージではなく、電話だ。明日《あした》のことに関する連絡かな、と思いながら見ると、薫子さんだった。あわてて着信ボタンを押し、電話に出た。

「こんばんは。藤崎薫子です。夜に電話してしまってごめんなさいね」

薫子さんの声が聞こえてきた。

「いえ、とんでもないです」

コロナ禍の影響で、薫子さんとはもうずいぶん会っていない。入社式も、例年なら薫子さんも出席するらしいが、去年も今年も高齢の薫子さんの身体のことを考えて、オンラインのメッセージだけという形になっていた。

「お声が聞けて、とてもうれしいです。いつもSNSを拝見しているので、久しぶりという感じはしないんですが、お元気でしたか」

薫子さんは八十代になってからSNSをはじめ、フォロワーもたくさんいる。

「元気よ、遠出はできないけどね。でも家の近所をよく散歩するようになって、このあたりにもいいものはたくさんあるな、って思うようになった。むかしの和紙を見直したりね。だから全然退屈もしてないの」

そういえば、コロナ禍前は、薫子さんのSNSには旅先の写真が多かった。最近は家の近所の風景やむかしの和紙の写真などが中心。それでも季節の花などの素敵な写真が多く、見ていると心が和んだ。

「入社式も失礼してしまってごめんなさい。もうこの年なので、入社式でなにかあったらみんなに迷惑をかけてしまうでしょう。大事をとって欠席したけど、百花《ももか》さんの姿、見たかった。入社おめでとう。藤崎産業にはいってくれてうれしいわ」

「ありがとうございます」

音声通話なのに、思わず頭をさげてしまった。

「そのあともお話ししたくて何度か電話しようと思ったんだけど、入社したばかりで夜は疲れてるかな、と思って。会社はどう？　たいへん？」

「いえ、連休前までは研修でしたし、なんとかやってます」

「いまは記念館の収蔵品リストを作っているのよね。うちの倉庫にあるものは、いま朝子さんにまとめてもらってるから。時間がかかっちゃってごめんなさい。ほんとはもっと早くまとめておくべきだったのに、なかなか時間が取れなくて」

「大丈夫です。まだ前の記念館の品物のチェックも終わってないんです」

前の記念館は面積も小さく、そんなに多くのものがあるとは思っていなかった。実際、紙漉《かみす》きの道具など大物はそんなにないのだが、なにしろ和紙の種類が多かった。薄いものだが、一点ごとに名前や産地がある。

薫子さんの家にある膨大な和紙もリストに加えることになっているが、そちらは朝子さんではわからない。薫子さんと藤崎さんで少しずつ表にしているみたいだった。

「数が多いもんねえ。ごめんなさいね」

「とんでもないです。もうここにしかないものもたくさんありますし。藤崎産業の宝だって館長も言ってます。これがなかったら記念館は成立しません」

「明日、建物を見に行くんでしょう？」

「はい。新記念館プロジェクトチームのメンバーといっしょに。わたしは入社前に館長に連れて行ってもらってますが、ほかのメンバーははじめてですから、建物を見たら驚くんじゃないかと思います」

「そうよね。ほんとの蔵造りですもんね」

声の感じから薫子さんが少し笑ったのがわかった。

「あの建物、もともとは薫子さんのところに来たお話だったとか」

「そうなの。長年つきあいのある人からね。わたしは自身は藤崎の家に来てからのつきあいだけど、家同士は江戸時代から縁があるっていう話だから、気が遠くなるわよね」

薫子さんは今度は声を出して笑った。

「じゃあ、薫子さんも建物はご覧になってるんですよね」

「ええ。ほんとは雄一《ゆういち》や晃成や一成といっしょに行きたかったけど、雄一に大勢で行くのはダメって言われて。電車も乗らない方がいいって言われたけど、どうしても見てみたかったから、朝子さんに頼んで車を出してもらったの。朝子さんの運転でひとりで川越まで行って、建物だけ見て帰ってきた」

「建物、いかがでしたか？　薫子さんのむかしのご実家とも似てますか？」

薫子さんの実家は埼玉県の小川町《おがわまち》。紙漉きの工場を営んでいた。

「ううん、うちとは全然ちがうわよ」

薫子さんがくすくす笑う。

「え、そうなんですか？」

「川越の建物は商家だもの。うちは田舎町の家だから敷地ももっと広いし。どう言ったらいいのかな、農家みたいな造り。はいったところは広い土間で、奥にかまどがあって、そこで煮炊きして。紙漉きも土間でしてた。その横に座敷があって……」

広い土間、座敷……。大学三年のときの小冊子研究会の遠足で、東秩父の和紙の里で見た古民家みたいな感じだろうか。

「東秩父の和紙の里の紙漉き家屋みたいな感じですか？」

「そうそう。ああいう建物。うちのまわりの家はむかしはみんなそんな感じだった」

美濃市に行ったときのことを思い出した。美濃で有名な「うだつの上がる町並み」にあるのは商家で、紙を作る家は川を越えた別の場所だったと聞いた。うだつの上がる町並みの商家は、蔵造りではないが、川越の町並みと少し似ている。

資料館も見学したが、建物の造りも川越の建物と似ている。建物と建物のあいだにあまり隙間がなくみっしりならんでいて、間口が狭く、奥に長い。通りに面した部分が店で、奥に居住スペースがある。

川の向こうの、紙漉き職人が多く住んでいたあたりも通った。時間の都合で建物を見学することはできなかったが、写真で見るかぎり、和紙の里の紙漉き家屋と似た雰囲気だった。紙を漉く人と、紙を売る人では、住む場所も家の形もちがっていた。

「和紙をたくさん作るようになってから、家とは別に紙漉き用の工場を建てたのよね。そこは、百花さんも前に行った小川町の和紙体験学習センターみたいな建物。あんなに大きくはないけどね」

小冊子研究会の遠足では、東秩父とともに小川町を訪れ、和紙体験学習センターという施設にも行った。むかし和紙製造の試験場として作られたものだそうで、木造の平屋の建物がいくつもつながっていた。

建物に囲まれた庭では、楮《こうぞ》の皮を剝《む》く作業をしている人がいて、なんだかタイムスリップしたような気分になったのを思い出した。

「わたしが若いころには、日本橋はもうみんな西洋風のビルだった。仕事のおつかいで日本橋に行くと、すごいなあ、全然ちがうなあ、って思ってた。だから前の五階建ての古いビルがわたしにとっての記念館のイメージなんだけど」

　記念館のはいっていた五階建ての古いビル。もう取り壊されてどこにもなくなってしまった。そう思うと、ちょっと切ない気持ちになる。

「川越の建物、絵に描かれた紙屋藤崎の建物にはたしかに似てるのよね。江戸時代のことは知らないからピンとこないけど」

「薫子さんのイメージとはちがうんですね」

「ちがうけど、それはいいのよ」

　薫子さんはすぐにそう答えた。

「江戸期創業ということをアピールするにはぴったりの建物だと思うし、大事なのはわたし個人の記憶じゃなくて、藤崎全体の記憶だから」

　不思議な響きだった。人の記憶ではなく、会社自体の記憶。

「それを次の世代に引き継いで、生かしてもらう。大切なのはそういうことでしょう?」

「生かす……。むずかしいことですね」

「大丈夫よ。百花さんがこれまでやってきたことを続けていけばいいだけ」

「そうなんでしょうか。これまで、わたしはそのときそのときのものづくりのことしか考えてなくて。会社全体でやるべきこととか、記念館の目指すこととか、そういう視点が全然なかったなあ、ってちょっと自信がなくなってて」

——ときどきこれって結局自己満足なんじゃないか、って凹《へこ》むんだよね。

ランチを買いに行ったときの烏丸さんの言葉が心に残っていた。記念館のグッズも、紙好きの人には響くものがあるんだろう。ネットや新聞のメディアに取りあげてもらったこともあるし、くりかえし買ってくれるお客さまも増えてきた。でも、それ以上の広がりを持つか、と言われると、わからない。

「あたらしい記念館を作るからには、会社にとってそれだけの価値がないといけないんだ、と思ったんです。和紙関係の雑貨だけでそんなに人が来るのかな、とか、それがほんとに会社全体の利益に繋《つな》がるのかな、って……」

わたしがそう言うと、薫子さんは、うーん、とうなった。

「それは正直、やってみないとわからないわよねえ」

「やってみないとわからない……」

「いまは景気も良くないし、会社にとっても失敗は痛手になるんだけど……。でも雄一は前々から、これから紙はどんどん劣勢になるから、なにか手を打たないといけない、ってよく言ってたの。このコロナ禍でそれがまた一段と進んだって」

「そうですね」

「わたしの夫の正一《せいいち》の代のときは、そんなこと考えなくてもよかったのよね。紙は作ればどんどん売れたし……。いまは出版や印刷の業界も、業務内容を紙でないジャンルに広げていっているわよね。そうしないと生き残れない。でも紙屋は紙が商品だからそういうわけにもいかないし」

「だからこそ記念館が会社の重荷になるんじゃないかと不安で……」

「うちは家庭紙や医療用品の部門があるから大きく傾くことはないわよ」

「それでも、施設としては成功させないといけないと思いますし。一部のマニアだけじゃなくて、もっと多くの人に関心を持ってもらいたいんです。そのためには、これまでわたしが考えていたみたいな、思いつきの商品じゃいけないんじゃないかと思って」

「百花さんは自己評価低すぎね」

薫子さんが大きく息をつく。

「百花さんの作っていたものは、マニア向けなんかじゃないと思うわよ。紙こもの市でもたくさん売れたじゃない？　和紙にくわしい人だけじゃ、あんなには売れない」

「でも、あれはイベントの力もありますよね。お祭り気分というか。それに、実物を見たり、手に取ったりできるっていうのも強くて。いまはイベントもできませんし」

「記念館を作るのは、イベントじゃなくても商品を手に取れる場所を作るためでもあるでしょ？　それにこの状況がずっと続くわけはないんだから」

「そうなんですけど……。でも、これだけオンラインばかりの生活が続くと不安になるんです。生活習慣や考え方も変わってしまって、わざわざ買い物のために外に出る人も減ってしまうんじゃないか、とも思いますし」

「ある程度は変わるかもね。でも、こうして電話で話してるだけじゃ、なんとなく物足りないじゃない？　ＳＮＳにもきれいな写真や映像がたくさん流れてるけど、オンラインの情報は視覚と聴覚情報に偏っていて、手触りがないでしょう？」

「たしかに、感触もわからないですし、実際にその場所に行ったとき、ものを手にしたときのような一体感はないと思います」

「ネットで得られるものは現実の一部だけなのよね。その場所にいる感覚、ものに触れる感覚がなくなってしまったら、自分が生きている感覚も希薄になってしまう気がして。わたし自身、コロナ禍で痛感したの」

「どこにも行けなくなってしまったとき、わたしも母や叔母《おば》とよく近所を散歩しました。歩いていると、それまで知らなかったものと出会うこともあってけっこう楽しくて。自宅で植物を育ててたっていう人もいますし、料理に凝ったっていう人もいました。わたしも家では箱作りに熱中しましたし」

「ええ、『わたしたちの日常』で読んだわ。箱、素敵だったわよね」

「あれも手触りや体感を求めてのことだったのかもしれないです」

そう考えると、いまはまだ無理だが、この状況が収束すれば町にも人出が戻ってきて、イベントも開催できるようになるのかもしれない。

「百花さん」

薫子さんが言った。

「もちろんできれば成功させたいけど、失敗しないことだけ考えてたら、小さなことしかできないと思うの」

その言葉にはっとした。

「企業として、利益をあげることは大切だけど、記念館の事業はもともと利益追求より、社会への還元、っていうのかな、大赤字になるのは避けないといけないけど、いまの時代にわたしたちがしなければならないこと、わたしたちにできることをちゃんと示すことの方が大事なんじゃないかと思う」

「しなければならないこととできること……」

「いまは、記録や情報伝達はコンピュータに置き換えられて、紙の役割は少なくなりつつある。資源のことを考えたら、大量の書類を複製するのはよくないことだし、それでいいと思うの。だけど、紙には物質としての良さもあるじゃない？」

「そうですね」

「紙を作るためのこれまでの人々の工夫のなかには、これからに役立つ技術も含まれていると思うの。紙によって暮らしが彩られたり、心が豊かになったり、気持ちが和んだり、ネットの世界にまだ置き換えられていない機能はたくさんあるわけで……」

暮らしが彩られたり、心が豊かになったり、気持ちが和んだり……。

わたしたちはただ機械的に情報を記録したり伝達したりしていたわけじゃない。そこには心や気持ちが宿っている。紙は、心を証するものとして、人とともにあった。

「もしかして、わたしたちがいま目を向けなければならないのは、人々が紙にこめてきた思いなんでしょうか」

「紙にこめてきた思い……？」

薫子さんが訊《き》き返してくる。

「わたしたちが紙を大事にしてきたのは、そこに人の思いがこもっているからで……。手紙でも贈り物を包む紙でも、だれかが人に伝えたいと思う気持ち、相手を大事に思う気持ちがこめられている。障子や襖《ふすま》の紙は人々の生活を整えるとともに、それをながめる喜びがある。濾《ろ》紙のような実用の紙も、質の高いものを作ろうという思いのなかで生まれたもの。だから、それは……」

どう言ったらいいのかわからなくなり、いったん言葉を止めた。

「うまく言えないんですが、『こうしたい、こうなりたい』という願いを実現するために、人が作り出した思いの形そのものなのかな、って……」

手紙や本や雑誌は文字を載せるためのものだし、手帳やノートは記録するためのもの。襖や障子は家の仕切りであり、鑑賞するためのもの。紙は願いを実現するための素材だ。

「わかる。そうだと思う。願いに近づきたいっていう人の思いのあとを感じるから、わたしたちは紙というものに惹《ひ》かれるのね」

「でも、やっぱりそれだけじゃなくて。本美濃紙も細川紙《ほそかわし》も、紙そのものがうつくしかった。人が作ったものとは思えない、自然物みたいなうつくしさで……」

「自然物みたいなうつくしさ。ほんとうにそうね」

「はじめて見たとき、人はこんなうつくしいものを作れるんだって、びっくりして、感動して……。人間は素晴らしい、って感じたんです」

「そう、それを伝えたい、ってわたしもずっと思ってた。大事なのは、これを生み出した人間というものに誇りを持ってもらうことなのかもしれない」

「誇りを持ってもらう……」

「信じる、って言ってもいいわよね。たとえばレオナルド・ダ・ヴィンチの作品は素晴らしいけれど、それは天才の仕事。だれにでもできることじゃないってみんな思う。でも、紙漉《かみす》きは職人の仕事だもの。多くの人が携わり、作家性もない。でもうつくしい」

「わたしは和紙を見ているとすごく、ものづくりをしたくなってくるんです。この紙をこう使ったらどうだろうとか、これとこれを組み合わせたら、とか」

「そうやって記念館グッズもたくさん作ってくれたもんね」

薫子さんのやわらかな笑顔が頭に浮かび、気持ちがほっとゆるんだ。

「職人さんと話すことで、ものづくりの深さを知ることもできましたし。みんながみんなものづくりに興味があるわけじゃないとは思うんですが、その楽しさを伝えたいという気持ちもあります」

「そうね」

薫子さんがゆっくりと言った。

「百花さん、わたしはね、記念館はこれからの人のためのものであってほしいと思うの。過去の話は興味がある人にとってはおもしろいかもしれないけど、そうじゃない人には単なるむかしばなしに聞こえちゃうでしょう。それじゃダメなのよ。これからの人にとっても意味があるものを提供してほしいの」

「これからの人……」

「百花さんや、その下の世代の人のことよ。チームのメンバーを新人だけにするっていうのは、一成が言い出したことだけど、わたしの願いでもあるの」

「え、薫子さんの？　そうだったんですか」

これまで考えもしなかったが、言われてなるほどと思った。

「わたしたちにはわたしたちの世界の像があって、どうしてもそこから発想してしまう。世界にあたらしいものがどんどん生まれているのに、それに対応できず、古いものにしがみついてしまう。あたらしい世界を作ることができるのは、若い人だけだから」

薫子さんがふうと息をついた。

「わたしたちにはもうこれからの世界を作る体力はないのよ。それに、そこはもうわたしたちの住む世界じゃない。どうしたって人ごとになってしまう。だから百花さんたちに作っていってもらいたい。これからの人のためのものを作ってもらうことが、わたしにとってもいちばんうれしいことなの。やらなければいけない、でも自分ではできないことだから」

胸がいっぱいになって、どう答えたらいいかわからなくなった。

「もちろん失敗は痛いけど、冒険して。安全ばかり考えてても生き残れないから。会社のことは雄一や晃成がちゃんと考えてるから大丈夫。新人はやりたいことを提案する方に集中してほしいの。全部通るとはかぎらないけどね」

わたしも新人なんだから、当たって砕けろ、だ。正しい答えを出そうとするんじゃなくて、やりたいことを探していけばいい。そう思った。

「薫子さんからだったの？」

電話を切ると、母が訊いてきた。さっき洗っていた食器はもうすっかり片づいている。

「うん、ごめん。片づけいっしょにできなくて。明日《あした》、川越の新記念館の建物をプロジェクトチームで見に行くことになってるから」

「そうか、そうだったね」

母がうなずいた。

「立派な建物なんでしょう？」

「そう。蔵造りで、奥には貯蔵用の蔵もあって、そこも使えるみたいで」

「へえ。素敵よね。オープンしたら行きたいわ」

母が微笑んだ。

「プロジェクトはうまく進んでるの？　いろいろ悩んでるみたいだけど」

「あの建物にふさわしいものが作れるのか、なんだか不安で。でも、いま薫子さんと話して、ちょっとほっとした。わたしはわたしにできることをすればいいんだ、って思って」

「そうか、そうだね」

母が微笑んだ。

それに、薫子さんと話していてなんとなくわかった。日本橋の記念館にいたころのわたしは「和紙のためにできること」を考えていた。和紙の素晴らしさに感動し、この素晴らしさを人に伝えるにはどうしたらいいか、という観点で考えていた。

たぶんあのころの藤崎さんもそうだった。でも一年間、本社の人たちと新記念館の計画について考えるうちに、藤崎さんの考え方は少し変わった。「和紙のためにできること」じゃなくて、「いまを生きるわたしたちのために和紙を役立てる」という発想に変わったんじゃないかと思う。

それは似ているようで、大きくちがう。和紙の素晴らしさを広めるだけでは、和紙を使おうとする人は増えない。和紙が役に立つということを示さなければならない。

一部の和紙好きの人だけじゃなくて、多くの人に興味を持ってもらう。そのためには、手漉きの上質なものを提示するだけじゃダメなんだ。

「新人中心のグループミーティングで、記念館をいまの藤崎産業の紹介にどうやって接続するか、みたいな話が出たんだよね」

「企業として運営するからには、ちゃんと会社の顔になってないと、ってこと？」

「そう。和紙を紹介するだけじゃ、藤崎産業がどんな会社か伝えることにならないんじゃないか、って」

「メンバーって、新人ばっかりなんでしょ？」

母が目を丸くした。

「そうだよ。その人も新人なんだけど……。前に話さなかったっけ？　グループ面接でめちゃくちゃ優秀な人がいたって」

「ああ、藤崎産業全体のことをしっかり考えてる、って言ってた人？　そういえば、百花、あのときは凹《へこ》んでたよね」

グループ面接の松岡さんの話を聞いて、自分は記念館のことしか考えていなかった、と自信を失ってしまったのだ。

「そう、その人。松岡さんっていうんだけど……」

「たしかに大事な観点だと思うけど、川越観光に来た人たちが相手なら、古いものが好きな人も多いだろうし、純粋に楽しめる場所でいいような気もするけど……」

「そういう考えのメンバーもいるよ。けど、わたしは松岡さんの言ってることも一理あるな、って感じた。和紙の素晴らしさは伝えたいけど、いまの藤崎産業の業務も世の中から求められているわけで、伝統だけに焦点当てるのはちょっとちがうのかな、って」

「なるほどねえ」

母が首をひねった。

「わたしの会社は出版社だから、いちばん大事なのはコンテンツ。情報が売り物って考えると電子媒体でもいい。でも藤崎産業は『紙』自体が売り物なんだもんね。いまは主力は家庭紙と医療用品なんだっけ？」

「うん。コロナ禍で不織布の需要が拡大したからね。化粧品関係もあるよ。ほら、紫乃叔母《おば》さんが好きなフェイスマスクも不織布だし」

フェイスマスクとは、美容液や化粧水を浸した顔の形のマスクである。一枚ずつパックされていて、洗顔後に顔全体にペタッと貼って数分置く。

「ああ、フェイスマスク。わたしは面倒だからやらないけど、紫乃は好きだよね」

母が笑った。わたしたちと同じマンションの別室でひとり暮らしをしている紫乃叔母さんは、夜になるとしょっちゅうフェイスマスクをしている。

ドラッグストアにならんでいるプチプラ商品から、デパートにはいってる高級化粧品店の製品までもれなく試した結果、高いものをケチケチ使うより、プチプラで肌に合ったものを頻繁に使った方が効果的、という結論になったみたいだ。

「わたしは不織布って聞くとあれを思い出すんだけど」

母が言った。

「あれ？」

「百花が保育園に行ってたとき、毎年お遊戯会で出し物をやってたでしょう？」

「お遊戯会！　なつかしい！」

下の年齢のときは歌やダンス、上の方になると劇。わたしたちは上から二番目のクラスのときは親指姫、いちばん上のクラスのときはピーター・パンだった。

「お遊戯会のときは、先生たちが不織布とビニールでかわいい衣装を作ってくれてたでしょ？　髪も結ってくれて、男の子も女の子もすごく可愛かったのよねえ」

「そうだったそうだった」

ふだん活発な子が重要な役に立候補して、役をめぐってケンカになったりもしたけど、先生がうまく配分してくれたんだった。できるだけ平等にするために、重要な役はダブルキャストにして、劇の途中で交代したり、いろいろ工夫されていて……。

親指姫のときは、わたしは花の役だった。花の役は三人いて、セリフはそれぞれふたつかみっつしかなかったけど、曲に合わせて踊りがあったのだ。

ピーター・パンのときは、ウェンディのきょうだいの役だった。どちらも先生がかわいい服を作ってくれて、みんなそれを着るときはすごくうきうきしたんだっけ。

あのころはまだ父もいて、劇を見にきてくれたんだった。

——百花がほんとのお花になった。

父がにっこり笑っていたのを思い出す。まだ漢字は書けなかったけれど、そのとき、百花という名前は百の花と書くんだ、と父から聞いた。

「あの服を着ると、どの子もみんな、すっごく得意そうな顔になって。保育園に通ってる子は親がふたりとも働いているでしょ？　だから、先生たちがそうやって手をかけて、子どもたちが喜ぶことをしてくれているのがありがたくて。涙が出るほどうれしかった。先生たちはたいへんだったと思うけどね。いまでもすごく感謝してる」

不織布とビニールでできた服だから、何度もくりかえし着ることはできない。試着のときとリハーサルと本番だけ。着心地が良いとは言えない衣装だったけど、本物のドレスを着ているみたいな気分になったのをよく覚えている。

「あの服、まだとってあるよね」

母が訊いてきた。

「あるよ。押し入れの奥にはいってると思う」

ふだん着られるものでもないけれど、捨てられなかった。もう着ることができないとわかっていても、それを着たときのことを思い出すとうきうきしたし、母は母で、先生方が手をかけて作ってくれたものを捨てられない、と思っていたみたいだ。

その後、父が亡くなって引っ越しするときも、劇を見に来た父の笑顔を思い出してどうしても捨てられず、中学校、高校、大学と節目節目に荷物を整理したときも生き残ってきたのだった。

「ちょっと出してみない？」

母にそう言われ、明日《あした》の準備もしないと、と思いつつも、なつかしくなって押し入れを開けた。奥の方から小さく折り畳まれて袋にはいったそれを引っ張り出す。母はリビングの棚から、保育園のときに園で作ってもらったアルバムを取り出してきた。

袋から出してみると、服はまだそのままの色だった。こんな小さなものを着ていたのか、と不思議な気持ちになる。

「これこれ、これが劇の前に撮った写真だ」

母がアルバムのページを指差した。先生たちが一枚一枚写真を切り出して作ったスクラップブック形式のアルバムだ。写真のほかに文字やイラストも貼られていて、楽しかった記憶がよみがえってきた。

「あのころは楽しかったんだよなあ」

「え、こんな小さいころのこと覚えてるの？」

母が目を丸くする。

「全部は覚えてないよ。でも、劇のことも、衣装のこともなんとなく覚えてる。自分の衣装がかわいいかすごく気になって、作ってる途中で何度も見せて、って頼んだこととか。できあがるまで内緒、って言われて、試着のとき、わたしが好きな色で作ってくれてたのがすごくうれしかったし、かわいくてよかったー、って思ったんだよね」

「そうだったんだ」

母が笑った。

「劇の練習もね。花の役のほかのふたりはバレエ習ってたからすごく上手で。自分もできてるつもりなのにちゃんとできてないってわかって泣いちゃった」

「え、泣いたの？」

「お母さんには言わなかったけど」

「そうだったんだ」

「先生にもほかのふたりにも、大丈夫だよ、って言われて、何度か練習したらできるようになって。すごくうれしかったんだよね」

「そういえば先生、百花ちゃん、とってもがんばってます、って言ってたっけ」

母が思い出すような顔になる。

「ほんと、保育園はよかったなあ、勉強なかったし。毎日遊んでるだけでよかったから」

それに父もいた。世界は楽しいことばかりだった。

中学、高校と進むうちに勉強も少しずつ好きになって、大学二年から記念館でアルバイトするようになって、やらなければならないことは増えたけど、世界は楽しい、とまた思うようになった。

「見にきたとき、お父さん、この衣装を見て、『百花がほんとのお花になった』って言ったんだ。覚えてる？」

「え、そんなこと言った？」

「お母さんはそこにいなかったのかなあ。すごくにこにこしてて、あの顔のことはいまでもよく覚えてる」

母がわたしの顔を見つめる。

「お父さんにとってはね、百花はきっとなにより大事なものだったんだよ」

そう言って、少し笑った。

7

翌日、二時に会社を出て川越に向かった。

川越の町並みを見る目的もあり、川越駅から現地までは歩いて行くことになった。先週梅雨入りして、昨日は雨が降ったが、今日はなんとか降らずにすみそうだった。

建物に着くと、改修に向けた下準備の作業がおこなわれていて、建築士の真山さんもいた。真山さんは川越の古い建物の改修をいくつも手がけていて、新記念館の斜向《はす む》かいの川越織物市場のリニューアルにもかかわっているらしい。

真山さんの案内で、建物のなかを見てまわった。あたらしく補強した箇所のことや、漆喰《しっくい》などの伝統的な技法の話を聞くことができて、前回見にきたときよりさらに理解が深まった。

「一番街はずいぶんたくさん蔵造りの建物があるんですね」

松岡さんが訊《き》いた。

「いえ、全部がほんとうの伝統建築というわけじゃないんですよ。伝統建築に似せたあたらしい建物もけっこうありますす」

真山さんが答える。

「なんちゃって伝統建築ってことですか?」

烏丸さんが訊いた。

「いやいや、見た目だけ真似たわけじゃなくて、もう少し考えたものですよ」

真山さんは笑った。

「町並みに関する条例もありますしね。伝統建築の素材やデザインの要素を取り入れて、伝統建築の町並みに馴染《なじ》むような建物にしなければならないんです。鐘《かね》つき通りにあるスターバックスも、伝統建築じゃないんですが、違和感のない建物になってますよ。内部の椅子にも川越唐桟《とうざん》を使ったりして、川越らしさを出してる」

「あ、あそこはかっこいいですよね。前にはいったことがあります」

本宮さんが言った。

「実は記念館でも、和紙素材の壁紙を使うことを考えているんですが」

藤崎さんが真山さんに言った。

「いいですね。藤崎さんのことだから、和紙の壁紙っていっても、いかにも和風なものじゃなくて、気の利いたものをセレクトしてくるんじゃないかと思いますし。和の雰囲気を出したい、でもほかとはちがうものを、って考えているお店も興味を持つかもしれません」

「なるほど。川越には店舗がたくさんありますからね」

「その壁紙自体を販売するというのもいいかもしれませんよ。うちのお客さんを紹介することもできますし、記念館のお客さんをうちに紹介してもらえたらこちらも助かりますから」

「そうですね。予算によっては既製品だけじゃなくてオーダーメイドも可能ですし、自由度はかなりあると思います」

　藤崎さんが答える。

「この建物自体が伝統建築ですから、ショールーム的に使うという手もありますよね」

　真山さんが言った。

「ショールーム？」

「ええ。実際にこの建物の壁の一部に商品を使うんです」

「ああ、なるほど」

「建具は菱田《ひしだ》内装店に頼むんでしたよね？」

　菱田内装店とは、この建物を薫子さんに紹介したお店である。

　菱田内装店の店主はむかし日本橋の店で働いていて、紙屋藤崎とも懇意にしていた。川越に店を出すとき藤崎の世話になったのだそうだ。昭和中期まで川越で営業していたが、その後桶川《おけがわ》に移転。この建物の持ち主とは川越時代に縁があり、藤崎が新記念館の場所を探していると知って、話を持ちかけてきた。

「ええ、そうです。せっかくの縁ですし」

「すみません、建具ってなんですか」

　烏丸さんが横から訊いた。

「扉や障子、襖《ふすま》みたいな仕切りのことですよ。家を建てる大工とは別に、壁を塗る左官屋や仕切りを作る建具屋っていう商売があるんです」

　真山さんが言った。

「そうなんですね」

　烏丸さんがうなずく。

「障子紙や襖紙も藤崎さんが手配したものにすれば、それもサンプルになります」

「なるほど、そういうスペースを作るのはおもしろいかもしれない」

　藤崎さんが答えた。

「楽しそうですね。家具屋さんで実際の商品で部屋みたいにしてるスペース、あるじゃないですか。わたし、あれが好きなんです。壁紙もカーテンも小さな布の見本だけじゃよくわからないですし、あのスペースでそこに住んでるところを夢見るだけでもけっこう楽しいっていうか……」

　本宮さんが言った。

「家具店ほどのスペースはないから、そこまではできないかもしれないな。一階は商品の棚でいっぱいになってしまうだろうから」

　藤崎さんが腕組みする。

「じゃあ、二階を使うのはどうですか？」

思いついて言ってみた。

「二階はイベントやワークショップに使うつもりで……」

藤崎さんが答える。

「でも、イベントやワークショップは毎日開催するわけじゃないですし、壁や襖や障子がショールームみたいな作りになっててもいいように思います。ふだんはショールームとして見てもらって、イベントがあるときはそのままそこにはいってもらう感じで……」

「たしかにそういう方法はあるね」

藤崎さんがうなずく。

「これまでは記念館で建材としての紙を扱うことはなかったんだけどね。建材は建築会社との伝手《つて》が必要だし」

「そこは、うちと連携できますから。事例が増えていけばほかからも話が来るかもしれません。実はこの近くに和紙の店があって、むかしはそこでも障子紙を扱っていたんですが、いまはやめてしまったみたいで」

真山さんが言った。

「この近くの店って、笠原紙店《かさはら》ですか」

藤崎さんが訊いた。

「ええ、そうです。大正浪漫夢通りの近くです」

「ほかにも紙のお店があるってことですか。それって大丈夫なんでしょうか？」

烏丸さんが訊いた。

「競合店があること自体はいいことなんじゃないですか。いろいろな店があった方が盛りあがっている雰囲気もありますし」

松岡さんは冷静な口調だ。

「そうだね。紙の店がいろいろあるという評判が立てば、それを目当てに人が来るかもしれない。笠原紙店のことは前から聞いていて、店も見に行った。いい店だったよ。紙の品揃えもいいし、雑貨類もセンスがいい」

藤崎さんがうなずく。

「あそこは川越では老舗《しにせ》ですね。前の店主が和紙にくわしくて、全国の産地の和紙を集めていたとか」

真山さんが言った。

「僕もあの棚を見たときは驚いた。うちの祖母と同じだ、って」

「ああ、そういえば、前の店主も日本橋の記念館に行ったことあるみたいでしたね。あのコレクションはすごい、ってよく言ってました」

「そうなんですか。それはありがたいことです」

「ただ、いまは紙そのものというより、紙雑貨の販売に力を入れているみたいです」

「どんな雑貨なんですか？」

本宮さんが訊いた。

「千代紙のような柄のはいった紙を使った、かわいい感じのものが多いみたいですね。若い女性客に人気があるみたいですよ。笠原紙店もいろいろあったんですよね。和紙を買う人が減っていったんは店を閉じたんですが、息子さんが小物中心の店にしたら、また売れはじめた。外国人観光客が来なくなってしばらく苦労してたみたいですが、最近は客足も戻ってきたみたいで」

「そうですか」

「ああ、そういえば、その息子さんは最近川越にできた別の紙の店の経営者と親しくて、そっちとも連携して、オンラインショップにも力を入れてるみたいですよ。あたらしい店の方は、和紙じゃなくて世界の手漉《てす》きの紙を扱う店で、川越城の先にあるんですが」

「『紙結《かみむす》び』じゃないですか？　神部《かんべ》さんっていう人がやってる」

藤崎さんが訊いた。

「そうです。よくご存じですね」

「祖母の遠い親戚《しんせき》なんですよ。うちの祖母は小川町の製紙場出身で、旧姓は神部なんです。『紙結び』のことも祖母から聞きました。祖母は面識はないみたいですが、遠い親戚が川越に店を出して、なかなかおもしろそうだって言ってたんですよ。僕もまだ見に行ってないんですが。そうですか、笠原紙店さんとも連携してるんですね。今度きちんとあいさつに行かないと」

薫子さんの親戚……。そんな人が川越に店を出していたとは。世界の手漉きの紙という話もちょっと気になる。

「品揃えもよく調べた方がいいですね」

松岡さんが言った。

「そうだね。うちで扱うのは藤崎オリジナルの商品が中心だし、完全に被《かぶ》ることはないと思うけど、方向が似てしまうのはおたがいにとって良くないから」

「うちのオリジナルの商品というのは、これまでの記念館グッズみたいなものですか?」

本宮さんが訊《き》く。

「あそこまで独自性の強いものばかりじゃなくて、レターセットとかポストカードとかポチ袋とか、もっとシンプルな商品も増やすつもりだよ。でもどこかで作られたものをそのまま仕入れて置くんじゃなくて、デザインから相談して、職人さんに作ってもらうことになると思う」

「たしかにその方が藤崎らしさをアピールできますね」

本宮さんがうなずいた。

「奥の蔵はまだ中が片づいていないのと、資材の問題もあって、まだ少し時間がかかりそうです。蔵では常設の展示をするっていうお話でしたよね」

真山さんが藤崎さんに訊いた。

「いまはそう考えてますが、まだ変わる可能性はあります。今日も建材のショールーム

という あたらしい案が出ましたし、ここにいるメンバーでいろいろ考えて決めていこうと思ってます」

藤崎さんが答えた。

「わたしは前の記念館を見ていないので、展示室のことはイメージできないんですが、この中庭で飲み物を出したりできたらいいなあ、って思いました」

本宮さんが言った。

「あ、いいですね、それ。表の建物も二階もあって、蔵の展示もあって、ってなるとかなりの広さですし、途中で休むところがほしくなる気がします」

烏丸さんも同意する。

「珈琲《コーヒー》、紅茶もいいですけど、日本茶と和菓子っていうのもいいですよね」

わたしが言うと、藤崎さんも、それはいいですね、とうなずいた。

「『八十八夜』のお茶を出すのはどうですか」

「なるほど。それはいいね。あそこのお茶はおいしいから」

「『八十八夜』ってなんですか？」

烏丸さんが訊いてくる。

「日本橋にいたころ付き合いのあった日本茶専門店でね。内装やパッケージを手伝ったんだ。カフェでお茶を出すなら『八十八夜』のお茶の販売もできるし。和菓子も『八十八夜』のものでもいいが、川越のお菓子を出すのもいいかもしれない」

「そうですね、お菓子には懐紙を添えて出したいです。懐紙って、お茶の道具だと思われてますけど、持っているといろいろ便利なんです。お店で扱っているのと同じ商品を使えば、使い方の提案にもなると思いますから。きれいなものがいろいろあるんですよ、こんな感じで……」

わたしはバッグから持っていた懐紙を取り出した。千鳥模様の透かしがはいったものだ。本宮さん、烏丸さん、松岡さんにそれぞれ一枚ずつ渡す。

「へえ、透かしがはいってるんだ。素敵だね」

本宮さんが懐紙を光に透かす。

「なんていうか、ティッシュとちがってえらく風雅ですね」

烏丸さんが笑った。

「いや、懐紙は実用的なものだよ。男性も持っていたら必ず役立つ」

藤崎さんが言った。

「そうなんです。食事の際に指先や口元を拭《ふ》く、テーブルにこぼれたものを拭く、といったハンカチやティッシュ代わりの使い方もできますし、お菓子を載せたり、コースター代わりにしたり、お菓子を包んで人に分けることもできます。懐紙入れに入れておけばバッグのなかでくしゃくしゃになることもないですし」

「心付けを渡すときに、封筒がなくても懐紙に挟むことで剝《む》き出しにならずに済む。それに懐紙は文字を書くこともできるんだ。メモ書きにも使えるし、一筆書いて人に渡す

 こともできる。女性が持つものという印象があるが、ビジネスの場でも持っておくと絶対に役立つ」

「いいですね。なんか持っていると人としての格があがる感じがします」

烏丸さんが目をかがやかせた。

「ビジネスマナーとしての使い方を提案するのもいいかもしれないですね」

松岡さんが言った。

「ビジネスマナー？」

本宮さんが目をぱちくりした。

「和紙の小物というと、女性客が中心になりますよね。そうなると、デザインも『かわいい』『はなやか』の方向が重視される」

松岡さんの言う通り、紙こもの市も女性客が圧倒的に多い。

「もちろんそういうタイプのものが好きな男性も増えていると思いますが、一般的とは言えない。でも、万年筆などの文具に凝る男性はむかしからたくさんいますし、和紙も凛《りん》としたデザインにすればそうした男性にもアピールする気がします」

「たしかにそうですね」

真山さんが言った。

「僕は川越で『豆《まめ》の家《や》』という珈琲豆の店の設計を手掛けたことがあるんですが」

「珈琲豆の店？」

「ええ、カフェとしても営業してますが、焙煎が中心の店で、ちょっと変わった豆を扱っているんです。自分で淹れる珈琲に凝りたい、という人は一定数いて、男性が多いんです。そういう人たちは当然道具や器にも凝る」

「珈琲に凝る人と文具に凝る人は通じてる気がしますね」

本宮さんがうなずく。

「性差だけではないと思いますが、『かわいい』『はなやか』とはちがう、『渋い』『かっこいい』の美学っていうのは、絶対にあります。カメラとか音響機器にこだわる人たちもいますし」

烏丸さんも言った。

「いまは多くのものがスマホやタブレット、PCといった電子機器に集約されつつありますが、手触りに回帰する人は一定数います。先ほどの懐紙のようなものは、電子機器にはない役割を持っていますし、アピールすれば関心を持つ人はいるんじゃないでしょうか。ただ、馴染《なじ》みのない人も多いでしょうから、商品を作るだけじゃなくて、そうした価値観を伝えることも重要だと思います。たとえばオンラインでビジネスマナーの講座を開くとか……」

松岡さんの提案にはっとした。以前もワークショップの宣伝のためにオンラインで動画を配信したことがあったが、かなりのアクセス数を稼いだものもあったのだ。

「それなら懐紙だけじゃなくて、ほかにもできるかもしれないです。水引や折形《おりかた》の動画を配信したときは反響もありましたし」

「水引？　折形？」

烏丸さんが首をひねった。

「水引は、ご祝儀袋なんかにかかっている紙の紐《ひも》みたいなものです。いろいろな結び方があって、それを紹介する動画をSNSで流したことがあって。折形は……。折形というものがあるわけじゃなくて、和紙でいろいろなものを包む方法というか……」

「和紙でものを包むんですか？」

本宮さんがわたしを見た。

「はい。ご祝儀袋もそのひとつで、いまは市販品を買うことが多いですが、むかしは自分で和紙を折って作っていたみたいなんです。折形と水引がいまでいうラッピングみたいなもので、それができることが良家の子女のたしなみだったとか」

「そうだったんですか。水引のアクセサリーは素敵だなあ、と思って、作り方の本は買って、家でもいくつか作りましたが……」

本宮さんが言った。

「いまはラッピングペーパーとリボンが定番になってますが、和紙と水引でも素敵なラッピングができるんですよ。水引を何本もならべるとすごくはなやかにもなるし、さっき松岡さんが言ってたような凜とした雰囲気にもなる」

「水引を何本もならべるって……？　すいません、俺、水引自体よくわかってなくて」

烏丸さんが戸惑うような顔になった。

「すみません、言葉で言っただけじゃ伝わらないですよね。ええと、こんな感じです」

わたしはスマホを取り出し、ゼミの最後にみんなで作って笹山《ささやま》先生に渡したアルバムの写真を探した。コロナ禍でみんなで集まることができなかったから、ゼミ生に用紙を送ってそれぞれメッセージを書いてもらい、それをわたしが製本したのだ。

表紙には水引を埋めこんだ。白と銀色の水引を何本もならべ、表紙の上に貼るだけだと水引の部分が盛りあがって収納に困るだろうと考え、表紙と同じ高さになるようにしたのだ。

「え、なにこれ、素敵」

写真を見た本宮さんがつぶやく。

「この線みたいな部分が水引なんですね。へえ、かっけー」

烏丸さんも写真をまじまじと見る。

「もしかして、これ、手作りなんですか？」

松岡さんがわたしを見た。

「はい、わたしが作りました。去年の夏、どこにも出かけられなかったので、箱職人さんに教わって、箱を作ったり、製本したり、いろいろやったんですよ。水引は、母の実家が水引の産地の飯田《いいだ》で、そこで祖母に習ったのもあって……」

気恥ずかしくて、照れ笑いしながら説明する。

「表紙に水引を埋めこむっていうのは、吉野さんオリジナルのアイディアだよね。そういう工夫ができるところが、吉野さんの長所で」

藤崎さんが言った。

「そうなんですか。すごい……。吉野さんはほんとに紙が好きなんですね」

松岡さんがぼうっとこっちを見た。

「え、いえ、なんていうか、記念館にある紙を見てると、なんだか無性になにか作りたくなるんですよ」

「なにか作りたくなる……」

松岡さんがぼそっとわたしの言葉をくりかえした。

「和紙のなかにはいろんな可能性が眠ってて、見ているとそれを形にしたい、っていう気持ちになるんです」

「なるほど……。これまでの記念館のグッズはそうやって作られたんですね」

烏丸さんがうなずいた。

「紙ってほんとうにいろんなことができるんですよ。書いたり、包んだりするだけじゃなくて、カバンにも傘にも服にも建材にもなる。紙を見てると、本来の使い道以外にもいろいろできるな、って」

紙の絵本の表紙に使った「からかみ」は、もともとは襖紙《ふすまがみ》として使われていたもの。「渋紙」は和紙に柿渋を塗ったもので、紙を強化するためのもの。装飾用のからかみはもちろん、渋紙にも独特のうつくしさがあった。

入社試験の前に藤崎さんが送ってきてくれた紙の見本帳のことを思い出す。あの本には、染め紙や漉《す》き込み和紙、襖紙など装飾用の和紙のほかに、書道用やものを包むためのものなど実用的なものもたくさん収められていて、そのどれもがうつくしかった。

「千代紙や染め紙みたいな紙ももちろん素敵なんですけど、わたしは実用の和紙にもうつくしさがあると思うんです。前に藤崎さんに見せていただいた和紙の見本帳のなかに、向こうが完全に透けて見えるようなすごく薄い和紙があって、きれいだなあ、と思って解説を見たら、濾紙《ろし》として使われていたものだったみたいで……」

「そういうものもあるんですね」

本宮さんが言った。

「だから、薄くて、丈夫じゃないといけなかったんです。考えられないような薄さなんですよ。あれを手で漉いていたのかと思うと、くらくらします。使われていた当時はそれがうつくしいなんて思う人はいなかったかもしれません。でもいま見ると、儚《はかな》くて、とてもきれいなんです。もう作ってるところはないと思いますが、これをラッピングに使ったら素敵なんじゃないかと思ったり……」

「たしかに面白い効果が出るかも……」

「実用の紙にもうつくしさはあるし、本来の使い道以外のところで活《い》かせることもある、ってことですね」

松岡さんのまとめは的確だった。

「そうです。和紙にはまだまだ可能性がたくさん眠っていて、でも、和紙の産地はどんどん消えていってしまっている。いったん途絶えたら、もう再現できないんですよね。可能性が眠ったままなくなってしまうのは惜しいな、と思って……」

「記念館の目的はそこにあるのかもしれないですね。和紙に潜む可能性を探り、あたらしい使い方を考える……。それだったら、藤崎産業全体の仕事にもつながってくる気がします」

その通りだ。和紙のうつくしさを見せるだけじゃだめなんだ。そこに眠っている力をこれからの世界に役立てる方法を考えないと。

「たしかに、和紙の素晴らしさを伝えるというより、可能性を探るという方が前の館長や僕が記念館で意図していたところとも近い気がする」

藤崎さんもうなずく。

「まずはそこを核にして、記念館のコンセプトを考えてみようか。それによって館の構成も変わってくると思うし。どんなスペースを作ればいいか、配置をどうするか」

「そうですね。店内を設計するときも、なにが大事なのか、お客さんにどういう順番でなにを見せたいのか、そういうことがはっきり決まっていた方がやりやすいんです。内部の補強工事もまだまだかかりますし、店の内装をはじめるまでには時間がありますから、そのあいだにゆっくり考えてください」

真山さんが微笑んだ。

どうしたらお客さんに来てもらえるか、楽しんでもらえるか、会社の役に立つのか。それは大事なことだけど、まずは紙屋ふじさきとして世の中に提示できることがなにかを考える。そこからスタートすればいい。それしかないんだ、と思った。

第二話　誕生の日

1

川越から戻ったあと、何回か新記念館プロジェクトチームのミーティングがおこなわれ、記念館の建物の構成も少しずつかたまってきた。店蔵の一階をショップスペースにすることは確定で、問題は売り場の構成をどうするかだった。

前の記念館のときは各地の和紙を展示するという意図を優先して、現在販売できる和紙も在庫がない和紙も一律にひとつの棚におさめていたが、分けることにした。製造されていない和紙は展示専用の棚にまとめ、在庫のある和紙は販売用の棚におさめる。

どちらも相当な種類があり、藤崎さんの考えていた形を真山さんに伝えると、それだけで相当な面積をとってしまうことがわかった。本宮さんは、それではお客さんを呼べないのではないか、と言った。

「ふつうの人は『紙』自体にはそんなに興味がないと思うんですよ。まずは、和紙にくわしくない人でも『はいってみよう』という気にさせないといけないわけですから」

「マニアだけじゃなくて、ふつうの人でもはいりやすくするような工夫は必要だと思います。以前の記念館グッズのような人目を引くものを前面に出して、興味を持ってもらう。紙の活用を考えるようなディープな空間は、少し奥に配置した方がいいんじゃないでしょうか」

そう言いながら、松岡さんは図面を見つめた。

「たしかに、記念館グッズはそれ自体、和紙のあたらしい可能性を追求したものだし、俺たちみたいな紙好きには響くけど。ただ、けっこうマニアっぽいものが多いからね。ふつうのお客さんには警戒されちゃうかもしれない」

「もう少し一般的なものの方がいいってことですよね？」

本宮さんの質問に、烏丸さんがそうそう、とうなずく。

「だったら、はっきり使い道のわかるステーショナリー類をよく見えるところに置くとか？　レターセットとかポチ袋みたいにベタなやつ。あとモリノインクとコラボしたインクもいいかも。カラーインクの瓶はならんでるとそれだけできれいだし」

「そうだね、パッケージに和紙が使われてるから、和紙のアピールにもなる……？」

烏丸さんが天井を見あげる。

たしかに、インクのパッケージには和紙が使われている。ただ、コストを考えて和紙を使っているのはラベルだけ。よく見ると和紙ならではの味わいがあるが、ふつうには気づかないかもしれない。それよりもっと、見た目にインパクトのあるものの方がいいんじゃないか……？

「あの、ちょっと思ったんですけど……。実用的で、用途がわかりやすいものの方がハードルは下げられると思うんですが、興味を持ってもらうには、驚きみたいなものがあった方がいいんじゃないでしょうか」

「驚き?」

本宮さんが訊《き》いてくる。

「これまで作ったもので言うと、たとえば『shizuku』の『garden diary』シリーズ用のパッケージみたいな」

「ああ、あの透かし和紙の……」

garden diaryというのは、彫金を中心にしたアクセサリーメーカー**shizuku**が作ったあたらしいブランドだ。従来の**shizuku**のアクセサリーより軽やかで繊細、価格もおさえめにして若い層をターゲットにしている。

shizukuのデザイナーの淵山雫《ふちやましずく》さんからの依頼で、記念館がその**garden diary**シリーズのパッケージを手掛けたのだ。紙箱の蓋《ふた》の上面部分に透かし和紙を使っている。

透かし和紙は紙を漉《す》く際に模様のはいった型を用いる。漉きあがったとき、模様の部分だけが紙として残り、ほかの部分は抜けて、ごく薄い繊維のみになる。薄く透けた和紙のなかに、型と同じ形の模様が浮かびあがるのだ。

遠目には切り紙と似ているが、近づいてみると白い部分の周囲に細かい紙の繊維がはみ出し、透けた部分に溶けこむようになっている。だから切り出したのとちがって、自然にできたもののように見えるのだ。それがとても神秘的だった。

美濃のお店ではじめてその技法で作られたグッズを見たときは、すごく驚いた。どうやって作ったのかわからないし、なによりうつくしい。その驚きとうつくしさを生かしたくて、箱の蓋に透かし和紙をそのまま貼り、なかのアクセサリーが透けて見えるようにした。

「和紙には凜《りん》としたうつくしさがあってそれもたしかに素敵なんですが、最初はもっと驚きやわくわく感があった方がいいんじゃないかと」

そう言うと、烏丸さんと本宮さんが、たしかに、とうなずいた。

「でも、その箱は商品パッケージですよね。しかもアクセサリーの箱でかなり小さかった。それを前面に出すのはいいアイディアですが、道行く人の目にとまるか、となると微妙じゃないですか？」

松岡さんに指摘され、その通りだと思った。

「じゃあ、透かし和紙の別商品を作ってもいいんじゃない？　それか、大きなものを作れるなら、それ自体をディスプレイに使うとか……」

本宮さんが言った。

「そういえば、shizuku で garden diary の新作発表会をしたとき、店内装飾にも透かし和紙を使ったんですよ。葉っぱを象《かたど》った透かし和紙をショーケースに入れたり、長い蔓《つる》に葉っぱがついた形の透かし和紙を天井から吊《つ》るしたり……。和紙でできた白い森のなかにいるみたいで、とても素敵でした」

「それは川越で藤崎さんが提案していた建材としての和紙とは性質がちがいますよね」

松岡さんが訊いてくる。

「そうですね、セレモニー用の装飾なので、長持ちはしません。建材というより、空間演出というか、パーティーのときの生花のような役割でしょうか」

わたしは答えた。

「なるほど。それも和紙の使い道のあたらしい提案として有効ですね」

松岡さんの言葉に、そうかもしれない、と思った。

「前回、建材もショールーム的に展示されていることで想像しやすくなるという話が出ましたが、和紙のあたらしい使い道を提案する際も、実物を見られた方が、イメージは湧きやすくなりますよね」

「そうだね。デザイナーならともかく、一般の人は素材だけ見てなにを作るか自分でイメージするというのはちょっとむずかしいだろうから」

烏丸さんが言った。

「それができないからデザイナーさんがいるんだもんね。ある程度テンプレートがあった方がお客さんにはわかりやすいかも」

本宮さんもうなずく。

「そう考えると、お店の構成はこんな感じにするのがいいんじゃないでしょうか」

松岡さんがペンを持ち、手元の紙にお店の一階の簡単な図を書き出した。

「店蔵の一階が文具や生活雑貨のコーナー。手前側を商品スペースにして、外から見えるところには、道行く人の目を引くために記念館で考案した凝った和紙グッズを置く。入口をはいって正面に手に取りやすい実用的な商品を置いて」

「そうですね、真ん中に大机のようなものを置いて、生活雑貨系と、文具系を分けるとわかりやすいかも」

本宮さんが図に線を足した。

「生活雑貨と文具だけじゃなくて、贈答用のグッズもあった方がいいですよね。熨斗《のし》袋や水引みたいな……。あと、川越で話した、懐紙みたいなものも……」

わたしは言った。

「同時に使い方の提案もしたいよね。たいていの人は俺みたいに、水引や折形のことはわからないだろうから」

「産地の情報も入れたいですね。どんな人がどんな手法で作っていて、どんな歴史を背負っているか。そういう物語が商品の魅力になると思いますから」

「じゃあ、アイテム数は絞って、製法と使い方に関する説明をセットにして展示するのは？」

本宮さんが言った。

「それ、いいかも」

わたしは即答した。

「産地の説明や和紙の製法は展示スペースで、って考えてましたけど、商品と別の場所になってるとどれがなにを指してるかわからなくなっちゃうんですよね。商品と説明をセットにしてそのスペースで完結させた方が伝わりやすい気がします。だから、厳選されたベーシックな商品を紹介して、代わりに製法や使い方をていねいに説明する……」

「ショップであり、展示場でもある、みたいな？」

烏丸さんが言った。

「つまり、建材だけじゃなくて、文具や生活雑貨、贈答用品、すべてのジャンルの商品についてショールームみたいな施設にするということですね。『和紙とともにある暮らしを提案する』という感じでしょうか」

松岡さんは紙の横に「和紙とともにある暮らしを提案する」とペンで記した。

「いい！　これこそまさに記念館のコンセプトなんじゃない？」

烏丸さんが目を見開く。

「単なるお店でもなく、お勉強するための場所でもない。学んで生かすための場所……。『紙屋ふじさき記念館』っていう名前にぴったりですね」

本宮さんが言った。

「その商品がそのままテンプレートになってる、っていうのはどうかな？　形は固定で、紙の種類を自由に選べるとか……」

烏丸さんが提案した。

「いいと思います。ただその場にあるものを買って帰りたい、という人のための商品もあった方がいいですね。奥にオリジナル制作の受付があって、ちょっと凝りたい人はそこで紙や加工を選んで作ることもできる」

松岡さんが商品スペースの奥を区切り、相談スペースと書いた。

「この相談スペースで、パッケージやグッズなどのもう少し自由度の高い制作の相談も受け付けるんです」

「以前、記念館で藤崎さんが受けていたような仕事ですね。それは藤崎さんじゃないと対応できないかもしれません。紙の手配もそれを加工できる職人さんの手配も、藤崎さんだけしかわからないですし……」

あの仕事は藤崎さんの知識に裏打ちされたものだった。

「ですよねえ。藤崎さん、まじリスペクトですよ」

烏丸さんがうなずいた。

「そこは僕たちが一朝一夕に学べるものじゃなさそうですし、相談スペースをどうするかは藤崎さんの判断をあおがないといけないですが。とりあえず、特殊な和紙のサンプルはこの奥の相談スペースに入れて……」

「いや、紙の見本は相談以外の人も自由に見られるようにした方がいいんじゃない？」

烏丸さんが異を唱える。

「たしかに。見てもらうのがそもそもの目的なんだし、そこでいろいろな紙に触れてもらうことで親しみが湧いて、いつか相談してオリジナルを作ろうって気持ちになるかもしれないし」

本宮さんも言った。

「和紙のなかには、作り手がいなくなって、もう二度と作れないものもたくさんあるんです。それも和紙の歴史として展示することになってるんですが」

わたしは言った。

「それも大事だよなあ。いま手に入らないとしても、そういう記録を残しておけば、いつかそれを再現したい、と考える人も出てくるかもしれないわけで」

「ただ、それは、アーカイブとして別のスペースに格納した方がいいかもしれないですね。貴重な資料ですし、少し厳重に保管しないと」

烏丸さんと松岡さんが言った。

「あと、懐紙や水引の使い方をレクチャーできるスペースがあると良いな、と思いました。展示で解説するだけじゃなくて、お客さまに実際に試してもらえるように」

そう言って、みんなを見る。

「それはワークショップ会場でするんじゃないの？」

本宮さんが訊《き》いてくる。

「以前は日を決めて人数を集めてましたけど、観光客が復活すれば、曜日を問わずにぎわうことになりますよね？　毎日何回か短時間のレクチャーをした方がいいような気がして。それに蕎麦《そば》打ちとかお煎餅《せんべい》焼いているとか、人がなにかやってるとみんな集まってくるじゃないですか」

「でも、レクチャースペースまで取れるかな？」

松岡さんが見取り図を見つめる。

「商品スペースもカテゴリーごとに分けてすっきり見せるためには、けっこう面積必要だよね？　相談スペースも紙の見本の棚がはいるから……」

本宮さんもじっと考えこむ。

「そうですよねえ。やっぱりそこまでは無理でしょうか」

「でも、案としてはいいと思います。今回の議事録にはそちらもあわせて入れて、藤崎さんに提出しましょう」

松岡さんがそう言った。

2

八月はじめの広報部の全体会議では、新記念館のことが大きな議題になった。プロジェクトチームで考えた「和紙とともにある暮らしを提案する」というコンセプトと、店蔵一階、二階の活用に関する案を藤崎さんがまとめて発表した。

一階は、文具、生活雑貨、贈答用品などが中心。単にショップとして商品を販売するだけでなく、各商品に製造者や製法の情報や使い方についての解説をつける、制作相談窓口を作る、和紙のコレクションを活用可能なものとアーカイブに分ける。

実現に際して検討しなければならない課題は山ほどあるが、だいたいの方向は決まったし、コンセプトもなかなか良いと評価された。

会議で決まったことをプロジェクトチームに持ち帰り、さらに細かいところを詰めていくことになった。

九月にはいると記念館の展示物のリストもほぼ完成し、記念館準備室の仕事も次の段階にはいった。藤崎さんが取引をしている和紙の産地とその銘柄、商品をリストにする作業である。

プロジェクトチームで考えた商品・展示を一貫させるプランを実現するためにも必要な作業だが、藤崎さんが懇意にしている産地は予想以上に多く、まとめるのに時間がかかった。

十月のはじめ、藤崎さんから、紙こもの市が復活するらしい、という話があった。

「紙こもの市が？」

紙こもの市も去年はずっと開催できず、オンラインイベントだけになっていた。それが来年の三月、久々に東京でリアルイベントを開催するらしい。

「感染症対策で規模は縮小するそうだ。会場の広さは同じだけど、ブース数を減らす。来場者もいつもより少ないだろう。でも、うちも参加することにした。新記念館オープンに向けて、存在感を出していかないといけないしね」

藤崎さんの口調はおだやかだが、顔つきに意気ごみが感じられた。紙こもの市が復活する。あのにぎやかな会場の雰囲気を思い出し、わたしも胸の高鳴りを感じた。

「イベントは三月。新記念館準備も忙しいが、ここで新商品も出しておきたい」

「もちろんです。新商品があった方が絶対盛りあがりますから」

わたしは身を乗り出して即答した。

「そ、そうか。吉野さん、力強いね」

藤崎さんはちょっと驚いたように笑った。

新商品があった方が盛りあがるというのはほんとうだ。だが実は、収蔵品、取引先とリスト作りの仕事が続いて、その仕事に飽きていた、というのもあった。大事な仕事だということはわかっているが、ものづくりの企画の方がやはり楽しい。

「今回はプロジェクトメンバーに意見を聞いてみてもいいでしょうか」

「そうだね。より多くの人の心をつかむものを作るためには、いろいろな人の意見を聞いた方がいい」

「本宮さん、烏丸さん、松岡さん、それぞれものの見方がちがうので、記念館のことについてもいろいろな角度から考えることができるんです」

「うん。メンバーは父と相談して決めたんだけど、そういう観点で選んだつもりだから。うまくいっているようでよかった」

藤崎さんがほっとしたような顔になった。

「プロジェクトチームの夢を詰めこんでほしい。できるできないを判断するのは僕の仕事だから」

garden diaryの箱作りで無茶振りをして、あとで箱職人の上野さんに「小鬼《こおに》」と呼ばれたときは、もっと現場の作業を学ばないと、と思った。でも、知識は藤崎さんが持っている。わたしたち新人の役割は自由に無茶振りをすることなんだ、と思った。

「チームのミーティングでは、オーソドックスなデザインで実用的なシリーズを作りたい、という話が出ていたんですが」

「そうだったね。ベーシックラインといったところか。オーソドックスでも、紙屋ふじさきらしさはほしい。今回の新商品で足がかりを得たいよね」

「足がかり……？」

「とくにデザインについては、どういうものが受け入れられるのか読めないところもある。だからいくつか試作して、紙こもの市で販売して様子を見る」

「それで評判を見て調整していく感じですか」

「うん。まずはなにを作るか。次のミーティングでみんなに自由に発言してもらうようにしよう」

藤崎さんに言われ、うなずいた。

3

翌週のグループミーティングの席で、紙こもの市再開の話を出した。

「再開されるんですか！」

さっそく本宮さんが食いついてきた。

「そうなんです。来年三月、東京で久しぶりのリアルイベント開催、とのことで……。紙屋ふじさきも出店することになりました」

わたしがそう答えると、本宮さんは、やった、とガッツポーズをした。

「これで俺もようやく紙こもの市が初体験できる！」

烏丸さんもうれしそうに言った。

「感染症対策でコロナ前より規模は小さくなる。それでも久々のリアルイベントだからね。新記念館オープンに向けて存在感も出したいし、紙屋ふじさきも新商品を作ろうと思っている」

藤崎さんが言った。

「新商品……！」

烏丸さんががたん、と音を立てて立ちあがる。

「それで、なにを作るのかについてもこのプロジェクトチームでアイディアを出してほしいと思ってるんだ」

藤崎さんが言うと、烏丸さんは座り直しながら、生きててよかった、とつぶやいた。

「新記念館のオープン時には実用的でオーソドックスなデザインの文具や生活用品を作るという話になっていたよね」

藤崎さんの言葉に、みんなうなずいた。

「そちらを仮に『ベーシックライン』としておく。これまで作ってきた『組子障子のカード』や『紙の絵本』『物語ペーパー』などは、記念館の性格を強く押し出した『作品ライン』という位置づけにする」

「つまり、工芸品的な要素が強く、価格が高めの『作品ライン』と、実用性を重視して、価格おさえめの『ベーシックライン』の二種類を作るということですね」

松岡さんが言った。

「そう。僕としては、今回紙こもの市にも、作品ラインとベーシックラインの両方を出したいと考えている」

「作品ラインで話題作りをして、現実的なベーシックラインを買ってもらう、という狙いでしょうか」

松岡さんが訊《き》いた。

「そう。単に新商品を買ってもらうということではなく、紙屋ふじさきから、実用的で手に取りやすいベーシックラインが出ることを広く認知してもらうことが重要だ」

　藤崎さんが答えた。

「今回出した商品だけでなく、今後それがラインナップとして増えていく、という雰囲気を出すってことですね」

　本宮さんが言った。

「そういうこと。そして、ベーシックラインの価格は紙こもの市全体の中心の価格帯に合わせていく。素材を考えると若干高めの設定にはなると思うが」

「そこは原価を考えるといたしかたないですね。でも質の高いものであることをアピールできれば問題ないと思います」

「僕はこれまで、どこでも作っているような商品を作ることに意味があるのか、と思っていた。だが考えてみれば、人がよく使うものというのはある程度決まっているわけで。君たちから出たベーシックラインの提案で、お客さんに親しまれる店になるためには定番商品があるということが大事なんだと気づいた」

　さすが紙オタク……。商品を作る上での観点がふつうの会社とはズレている。

「今後ベーシックラインを拡張していく雰囲気を出すなら、いくつか種類があった方がいいですよね」

　松岡さんが言った。

「そうですね。レターセットとかポチ袋とか、どのブースでも定番の売れ線商品がありますから、そういうものをひととおり作ってみるのでもいいと思います。でも、問題は仕様ですよね。新記念館のような独立した店で販売するのとちがって、紙こもの市はまわりもみんな似たような商品を売ってるわけで、そうなるといくら高級感があっても、シンプルなデザインは地味に映るかも」

本宮さんが、うーん、とうなる。

「紙こもの市の出店者の場合はデザインの個性で勝負している印象がありますね」

会場にならんだブースを思い出しながら言った。

「組子障子のカードでも紙の絵本でも、材料としての和紙の特性や加工技術がうちのブースの特徴になっていたんだと思います。だから見た目にインパクトのある形になったし、SNSでも話題になりました。形をシンプルにすると、目立たなくなってしまうかもしれませんね」

紙こもの市の会場では、どのブースでも色とりどりの品物がずらっとならぶ。そして、デザインがしゃれているところは長蛇の列になる。

「ですよね。かわいい系、おしゃれ系、かっこいい系、おもしろ系……。いろいろありますけど、どのブースもデザインやイラストでブランドイメージを作ってますよね。雰囲気に統一感を持たせて印象づけて、固定客に新作を期待させる……」

本宮さんはパソコンで過去の紙こもの市の出店者ブースを検索し、みんなに見せた。

「さすが、紙こもの市の出店者はレベチだなあ。特色をしっかり出してる」

烏丸さんが画面を凝視した。

「しかし、大人がビジネスの場で使うもの、と考えたら、あまり強いデザイン性はない方がいいんじゃないでしょうか」

松岡さんが主張する。

「たしかに、新記念館のコンセプトを話し合ったときも、どんな人でも抵抗なく使えるシンプルなもの、っていうことになってたしなあ……」

「紙こもの市に来る層が、そもそも紙もの好きっていうか、趣味で紙ものを集めてる人たちが大半ですからね。ビジネスで使うきちんとしたものってなると、みんなふつうに文具店に行くんじゃない？　紙こもの市はそういうところじゃないっていうか」

本宮さんが言った。

「つまり、新記念館で求められるものと、紙こもの市で求められるものがそもそもちがうということですよね」

松岡さんが訊く。

「でも絵柄や世界観で特徴を出すにはイラストレーターとかデザイナーが必要になりますよね。そういうブースは、作家さんがそもそもイラストを描いていたり、自分の世界を持っていたり、ということが多かったように思います」

紙こもの市のことを思い出しながらそう言った。

「なるほど、あれはグッズって言いながら、ある種の自己表現なんだね。俺たちが作ってたZINEと似たところがあるのかもしれない。となると、うちみたいに会社でやってるとこは最初から向いてないってことですかね」

「じゃあ、もともと考えていたシンプルな路線に戻るとして、それでもなにか特徴は必要ですよね」

本宮さんがみんなに問いかける。

「実用的で使う人は選ばない。かつ、ほかにない特徴がある。難問ですね」

松岡さんが宙を見あげる。

「文具メーカーが作る定番商品は洋紙で作っているものがほとんどだから、和紙だっていうだけで特徴はあると思うんだけど……。問題はそれでなにを作るか、だよね」

烏丸さんが手に持っていたペンをくるっとまわした。

「和紙のレターセットっていうのもありますけど、なんとなく古風な感じになっちゃいますよね。外国人向けのいかにも『日本』っていう感じの、桜とか、扇とか、手鞠《てまり》とか……。なんか紙屋ふじさきで求めているものとはちがうような」

本宮さんが首をひねる。

「たしかに。男性も使うって考えると、なんかもっとこう、シンプルでシャープなものの方がいい気がするよなあ」

烏丸さんが言った。

「青海波《せいがいは》とか麻の葉とか、幾何学模様に近い古典柄はどうですか？　組子障子のカードでも使いましたが、シャープですっきりした感じに仕上がると思います」

松岡さんが提案する。

「組子障子のカードは素敵ですよね。でもあれは手がこんでいて、ほかに真似のできない造りだからよかったんだと思います。古典柄自体はみんな使ってるから個性を出すのはむずかしいかも」

本宮さんが言うとみんな考えこみ、しばらく沈黙が続いた。

「あの……。じゃあ、アイテムから考えてみる、っていうのはどうでしょうか」

思いついて、わたしは言った。

「文具もたしかに紙こもの市の主要な商品ですが、それ以外のものを前に出してみるのはどうでしょう？　たとえば、この前話題に出た懐紙とか」

「懐紙。なるほど……」

松岡さんがわたしを見た。

「文具だとほかにもたくさんあるので、デザインで新味を出さなければいけなくなりますが、懐紙は懐紙自体にまだ新味があると思うので、ＳＮＳで使い方の提案と合わせて告知をすれば、関心を持ってくれる人がいるかもしれません」

「それはそうですね」

本宮さんがうなずく。

「もちろん、文具は紙こもの市全体の主力商品ですし、紙屋ふじさきがそこに乗り出すというイメージを広めるのは大事なことだと思います。でも、記念館のコンセプトは『和紙とともにある暮らしを提案する』ことで、和紙のあたらしい使い道を提案できればいいように思うんです」

「あたらしい使い道？」

「懐紙自体は古くからあるものですが、多くの人は、お茶を習ってる人だけのもの、と思ってます。だから、懐紙にはさまざまな使い道があることを示して、デザインもそれにふさわしい形に変えれば、関心を持ってくれる人もいるんじゃないでしょうか」

「いいかもしれない。でもどんな形にすればいいのかな。単に真っ白な懐紙では特徴がないし……。ぱっと目を引くものにしないといけないよね。柄を入れるのは？　人気のイラストレーターとコラボするとか」

本宮さんが言った。

「そうですね、懐紙は便箋《びんせん》などとはちがって、多少は遊び心があっても許される気がします。男性でもハンカチやネクタイは柄物を使いますし。ただイラストレーターに頼むとなると、さっきの話に逆戻りですよね」

松岡さんが首をひねった。

「イラストで売るんじゃなくて、『紙屋ふじさき』らしさをアピールしなくちゃいけないんですよね。もっとこう、素材自体に凝った感じとか……」

烏丸さんが言った。

「和紙の可能性を追求するわけですし、紙に特徴があった方がいいんじゃないかと。って言っても、俺は和紙のことよく知らないし、ぱっとアイディアが出てくるわけじゃないんですけど。それに価格のことを考えたら、ベーシックラインは手漉《てす》きじゃなくて機械抄《す》きか。そんなに変わった紙はないですよね」

「いや、そんなことはない。機械抄きの和紙もいまは種類がいろいろあるんだ」

藤崎さんが自分のパソコンを操作する。

「これは以前からお世話になっている製紙会社のサイトなんだが、活用範囲の広い機械抄きの和紙の開発にもかなり力を入れている。原料も伝統的な楮《こうぞ》、三椏《みつまた》、雁皮《がんぴ》だけでなく、マニラ麻や木の繊維、バナナの茎なんかを使ったものもあって……」

「バナナの茎？」

烏丸さんが不思議そうな顔になる。

「バナナの茎には繊維が豊富なんだ。むかしは廃棄されるだけだったバナナの茎の再利用に注目が集まっていてね。綿と合わせて衣類用の繊維にもできるし、紙の原料にもなる。アフリカの農家と日本の和紙工場が協力して作ったのがバナナペーパーと呼ばれるもので、フェアトレード認証を受けている」

藤崎さんが画面にバナナペーパーのサイトを表示した。

「ＳＤＧｓに配慮した製品なんですね」

サイトを見ながら烏丸さんが言った。

「マニラ麻っていうのは？」

本宮さんが訊いた。

「マニラ麻は『麻』とついているが、分類上はバナナと同じバショウ科の植物だ。バナナと同じく、木のように大きくなるが草だから成長が早い。しかも植物から取れる繊維のなかではもっとも強靭《きょうじん》で、水や太陽光に対しても耐久性がある。エレベーターやケーブルカーなどのワイヤーロープや船舶繋留《けいりゅう》用のロープもマニラ麻が使われている」

「エレベーターやケーブルカーのワイヤーロープに？　それはずいぶん強靭ですね」

烏丸さんが言った。

「そう。紙幣の材料にもなるし、紙糸っていって、紙でできた糸を作ることもできるんだ。マニラ麻で抄いた紙はね、ほら、こんな感じ」

藤崎さんがディスプレイのなかの写真を指す。薄く透けていて、繊維の形がそのまま見える。

「これが紙……？」

本宮さんが不思議そうに言った。

洋紙は白く均質だ。それは短い繊維を敷き詰めたものだから。和紙は長い繊維をからめて作る。だから薄い。透かすと繊維が見える。だが、このマニラ麻の紙は、繊維が長く太いため、さらに目立つ。

「おもしろいですね。それにかっこいい」

烏丸さんがうなった。

「この製紙会社では、機械抄き和紙を使った懐紙も作ってるみたいで、マニラ麻を使ったものもある」

藤崎さんがサイトのボタンをクリックすると、さまざまな懐紙の写真が表示された。

「色のついてるものもあるんですね」

本宮さんが画面を指す。淡い黄色や水色、桃色、若草色、とさまざまな色の懐紙がならんでいる。マニラ麻を使ったもののようで、色のなかに繊維が際立っていた。

「従来の和の雰囲気とはまたちがった印象もありますし、個性的だけど品もいい」

本宮さんが言った。

「お茶席では白を使うけどね。でも、普段使うにはこういうものもいいかもしれない」

藤崎さんのその言葉を聞いて、となりの烏丸さんがひそひそ声で、もしかして藤崎さんって茶道もするの、と訊《き》いてきた。するみたいだよ、と小声で返すと、烏丸さんは目を見開き、息を大きく吸ってから、あ、そう、とうなずいた。

「あ、落水紙もあるんですね」

ならんだ写真のなかに落水紙の懐紙を見つけ、指さした。

「模様を漉き入れたものもあるね。別の色のものと重ねれば模様がくっきり見えるが、一枚で遠目には無地に見える。これなら茶席でも使えるだろう」

藤崎さんが言った。日本の古典柄や季節の風物など、柄の種類も多いみたいだ。

「これは型押しだね」

裏から押して模様を浮きあがらせているもののほか、逆に凹ませているもののもあった。

「素敵。これを持ってたらちょっと見せびらかしたくなるかも」

本宮さんが画面に引きこまれている。

「ティッシュにくらべたら高いから、気軽にぽいっと捨てる感じじゃない。ハンカチとティッシュの中間くらいの感じ？　でも、ものを包んで渡すとか一筆書くとかの用途もあると思えば、ハンカチとティッシュとメモ帳がひとつになったようなものだし」

烏丸さんが言った。

「この会社ではすでに懐紙を何種類も作って卸しているけど、ここと提携してふじさきオリジナルデザインの商品を作るという考え方もあるね。一から開発するわけじゃないから、現実的だし」

「評判を見て、のちのち種類を少しずつ足していくこともできそうですね」

松岡さんがうなずく。

「ただ、複数種類作る場合はデザインになにかしら一貫性があった方がいいね」

「テーマみたいなものってことですよね？　このサイトにあるみたいな、日本の古典柄とか、季節の風物とか……」

烏丸さんの言葉で、モリノインクとのコラボでインクのパッケージを考えたときのことを思い出した。

コラボでは、日本の童謡のタイトルを色の名前にした童謡シリーズを作ったのだ。「故郷《ふるさと》」「海」「春の小川」「夕焼小焼」……。だれもが知っているメロディーの記憶と、関谷さんが調合したインクの色がマッチして、素敵な仕上がりだった。今回の懐紙もそれを使うのはどうだろう。新鮮味に欠けるかもしれないが、統一感は出る。

「モリノインクさんとのコラボのときは童謡シリーズにしましたよね。それと同じにするのはどうでしょうか」

わたしは言った。

「童謡シリーズか……」

藤崎さんがつぶやく。

「これまでの話の感じだとあまり日本風にならない方がいいかもしれないので、ちょっとちがうかもしれませんが」

「いえ、童謡シリーズ、わたしは悪くない気がします。インクのときから素敵だと思ってました。シンプルなワンポイントならクールな感じにもできると思いますし……」

「そうですね、自分もそう思います。古典柄や家紋のようなものはどこにでもありそうですし、干支《えと》や星座のようなものだと一定数までしか出せない。それに、ベーシックラインン同士をリンクさせることを考えると、毎回新味を持たせるというよりイメージをひとつにまとめていった方がむしろいいような気もします」

本宮さんと松岡さんが言った。

「そろそろモリノインクとのコラボを再開しようという話もあるし、そちらとつなげることもできるか……」

藤崎さんは腕組みして、目を閉じた。

「ベーシックライン全体のコンセプトにかかわることだから、広報部全体にはかることにするよ。ただ、最初に作る商品としては懐紙を推す。そちらはたぶんいける気がする」

藤崎さんはそう言ってみんなを見た。

「最初に決めたシリーズでずっといくわけじゃないだろうけど、一階のショップ内の装飾にもベーシックラインのイメージを反映させることになるだろう。けっこう大きな決定だから、みんなもさらに考えてみてほしい」

藤崎さんの言葉に、みんな、はい、とうなずいた。

その後も何度かミーティングで話し合い、ベーシックラインのイメージは童謡シリーズと決まった。

モリノインクとのコラボのとき、最初に出したのは「春の小川」「花火」「夕焼小焼」「雪」という四季を意識した四曲、その後追加で「故郷」と「海」が出た。製作費を考え、今回はその六曲から数曲を選んでデザインする。

藤崎さんの話では、懐紙にはにじみ止め加工がなされているものと、にじみ止め加工をせず水の吸収が良いものがあるらしい。今回はメモ書きにも使えるようにするため、にじみ止め加工を施すことにした。

　この形で三月の紙こもの市で販売し、様子を見る。それで成績がふるわなければ、商品やイメージをまた練り直す。評判が良ければ、記念館オープンまでに童謡のイメージでアイテムの種類を増やす。

　文具、生活用品など幅広く扱い、和紙の技術や、文化的な伝統をアピールできる商品とする。

　開館時は童謡シリーズではじめ、軌道にのったら別のラインも考える。

　その方向で広報部の会議にかけたところ、無事承認された。プロジェクトチームでは懐紙のデザインについて検討をはじめた。

「春の小川」は川の流れをエンボスの線で表現する、「花火」は夜空のような濃い色の紙に打ち上げ花火の形を型抜きする、「夕焼小焼」は夕焼けを色で表現、「雪」は白い紙を雪に見立ててデボスで犬の足跡を入れる、「故郷」はウサギのワンポイント、「海」は水色の紙に貝殻の形を型抜きする、などの案が出た。

　エンボス、デボスは、両方型押しと呼ばれる技法で、エンボスは表面に形が浮き出すもの、デボスは逆にへこむものだ。型抜きというのは、文字通り、紙を型で抜く。その部分に穴が空くので、下に一枚別色の紙を入れてその色を見せることができる。

　紙こもの市で商品がならんだときのことを考えると、バリエーションがありつつ、統一感もあった方がいいだろうということで、デザインは四種類、技法としては型押しと型抜きのふたつでまとめ、色は濃淡取り揃えて四色にすることになった。

具体的には、「春の小川」(桜色の紙に大きく流紋のエンボス)、「雪」(白い紙に犬の足跡のデボス)、「花火」(濃紺の紙に打ち上げ花火の型抜き)、「海」(水色の紙に貝殻の形の型抜き)の四種類である。

どれも柄としては単純な形だが、フリー素材で作ろうとすればありきたりになってしまうため、イラストレーターにオリジナルイラストを依頼することとなり、わたしは大学の後輩の石井《いしい》さんを推薦した。

石井さんは小冊子研究会の後輩だ。ゆるキャライラストの同人誌を作っていて、小冊子研究会の冊子でもいつも大活躍していた。お姉さんがグラフィックデザインの仕事をしているらしく、雑誌のデザインやレイアウトもお手のものだった。

コロナ禍にはいって同人誌の即売イベントが軒並み中止になり、活動の場を失った石井さんは、SNS経由でイラストの仕事の受注をはじめ、ストックイラストも手がけるようになった。お姉さんの伝手《つて》もあって仕事も少しずつはいるようになった。

ウェブメディア「hiyori」に就職した莉子も、ときどき石井さんにワンポイントイラストを発注しているらしい。サンプルを見ると可愛いものからシックなものまで絵柄もいろいろあった。

ゆるキャライラストで同人誌を作っていたときは個性的でインパクトのある絵柄だったが、それはネットや即売会で目立つためで、それ以外のものも描けるみたいだよ、と莉子が言っていた。

ネット上にあったポートフォリオをチームメンバーと藤崎さんに見せた。ストックイラストにはシンプルな線画やシルエット画像も豊富で、仕事で手がけた作品も安定した出来栄えだった。

とはいえ、石井さんも今年は四年。就活や卒論もあるし、都合がつくかわからなかったが、連絡をとってみると、石井さんは就職せず、そのままイラストを仕事にしていくつもりらしい。仕事の内容を説明すると、卒論もだいたい目処《めど》が立っているし、この内容なら大丈夫ですよ、と引き受けてくれた。

ベーシックラインの懐紙に合わせ、作品ラインは手漉《てす》き和紙の懐紙入れと決まった。こちらはどの懐紙でも入れられるよう、童謡シリーズにしばられないオーソドックスなものを二種類。

手漉き和紙なので、藤崎さんが知人の和紙作家に依頼することになった。形は取り出しやすさなどを考え、結局茶席で使う懐紙入れと同じような形にした。パタンと閉じる蓋《ふた》があり、使用済みの懐紙を入れるために内側の袋を二重にした。

また、鞄《かばん》に入れて持ち歩くのである程度の強度は必要と考え、表面に加工をほどこすことにした。一方は川越の蔵造りに用いられる黒漆喰《くろじっくい》をイメージし、和紙に黒い漆を塗る。もう一方は紙の絵本の普及版と同じく、柿渋を塗ることになった。柿渋は薄い煉瓦《れんが》色《いろ》の仕上がりだが、時間が経つと次第に色の深みが増す。

紙こもの市に向けてサイトでも新商品をアピールすることになり、チームメンバーと内容を練っていった。

4

十二月にはいってすぐ、石井さんのラフが送られてきた。「春の小川」の流紋や『花火』の型抜きは懐紙の右斜め上に大きく配置されている。「雪」の犬の足跡は上部を少し蛇行し、「海」の貝殻は懐紙の右下にいくつかランダムに配置されていた。

どれもシンプルな線と面で構成されていて、型押しや型抜きにも問題がない。松岡さんや本宮さんの評判も良かった。

「シャープでかっこいいですね。それでいてあたたかみもあるし」

烏丸さんがうなずく。

「石井さんからの注意書きに、線には抑揚をつけないって書かれていますが、それがいいように思います。筆っぽくなると和風になっちゃうので」

本宮さんにそう言われ、みんなの意見を取りまとめて石井さんに送った。

十二月、仕事納め直前の週末、家で自分の部屋の片づけをしていた。今年は久しぶりに飯田に帰ることになっている。仕事納めの翌日に大掃除だけして、次の日は母と紫乃叔母《おば》さんといっしょに朝のバスで飯田に向かう予定だ。

いらなくなった資料を整理しているとき電話が鳴った。見ると、フリーライターの浜《はま》本《もと》さんだった。「物語ペーパー」がらみで知り合った男性のライターで、年齢はおそらく母と同じくらい。わたしの父である吉野雪彦のファンだったらしい。

物語ペーパーははじめ、旧記念館と同じ日本橋にあたらしくできた「文字箱」という書店との合同企画だった。日本橋の髙島屋《たかしまや》が登場する中央区編の一部を和紙に活版印刷し、蠟引《ろうび》きする。一枚の紙として楽しむために作った商品だった。

だが、個人書店を営む人たちの中にかつて父のファンだったという人、物語ペーパーに印刷された父の小説の一節に惹《ひ》かれる人が次々に現れ、店のある区の章を物語ペーパーにする企画が進行した。

そのうちのひとつ、台東《たいとう》区の「モルン」という書店には、母体として「道草《みちくさ》書房」という小さな出版社がある。道草書房は『本と暮らし』という雑誌を刊行していて、浜本さんはその雑誌の仕事で、わたしのところにインタビューに来た。吉野雪彦の実の娘が物語ペーパーを発案したというストーリーに惹かれたのだと言っていた。

浜本さんはむかし、父のサイン会に行ったことがあるらしい。当時浜本さんは出版社に勤めていたが、思う部署に行けず、郷里に帰ることを考えていた。父と言葉を交わして出版の仕事を続ける決意をしたそうで、父に恩を感じているとのことだった。

インタビューの最中に『東京散歩』の話になり、物語ペーパーの形も良いが一節しか載せることができない、『東京散歩』は絶版になっていてもう古本でしか手に入らない、いつか復刊できたらいいのに、という話になった。

道草書房の社長も父のファンだったということもあり、浜本さんは社長に話を持ちかけてみる、と言った。結果、本全体を作ることはむずかしいが、まずは台東区の一編だけ活版印刷の小冊子にする、という案にまとまった。

印刷を川越の三日月堂にお願いすることも決まったのだが、その後コロナ禍に突入し、話が途切れてしまった。浜本さんによると、最近ようやく道草書房でその企画がもう一度動き出したらしい。

「ところがですね、その矢先にちょっと妙なことになりまして」

電話の向こうで、浜本さんが言った。

「作るのは台東区編だけの小冊子ですが、会社の判断でいちおう『東京散歩』のもとの版元に話を通しておくことになったんです。それで問い合わせてみたら、『東京散歩』の復刊を検討しているところだって言うんですよ」

「えっ、復刊？　それは聞いてないです」

著作権継承者である母もそんなことは言っていなかった。

「まだ企画段階で、その部署の人しか知らないっていう話でした。どうも物語ペーパーが話題になっているのを見て、新デザインにして復刊してはどうか、っていう案が出たみたいで。著作権継承者への打診は、部内で話が決まってからだと思います」

本が復刊される……。考えてもみなかったが、『東京散歩』の全文をだれでも読めるようになるなら、それはすごくうれしいことだ。

「まだ検討中だから、後日連絡ということになりました。ただ、もし『東京散歩』の全文が復刊されるなら、小冊子の売り上げにも影響が出る。それで、道草書房としても、先方からの連絡待ちってことになったんです」

「復刊されたら物語ペーパーも作れないってことですか？」

「それは問題ないはずです。小冊子の話が保留になったのは、単に売り上げの問題です。活版印刷っていう特徴があったとしても、道草書房は小出版社で、同じ時期に大きな出版社から全文載っている本が出たらみんなそっちを買うだろう、っていう」

「それはそうですね……」

「それで、道草書房の社長とも相談したんですが、道草書房から吉野先生の本を出すのもいい、活版印刷でいくという方針もいい、でも、復刊の話が重なると、営業的には苦しくなる。それなら、いっそ吉野先生のほかの本を出すのはどうか、って」

「父の……別の本ですか？」

「たとえば、これまで本になっていない原稿とか。『東京散歩』が復刊されることになれば、もとの版元も大きく宣伝を打ってくるかもしれない。そこにのっていけば、単独で出すより話題になるかも、って。いや、なんか俗な話で申し訳ないんですが」

「いいえ、うちの母も編集者ですから、そのあたりのことはわかっていると思います。父の作品が広まるのはうれしいことですし」

「道草書房で出す場合は、物語ペーパーにかかわっているような小さな個人書店が発信して話題にしていくっていう草の根的な広め方しかできませんから」

「わかりました。とりあえず、道草書房では別の本を出すことになるかもしれないことを母に伝えます。これまで本になっていない原稿がないか、ってことですよね」

「そうしてもらえたら助かります。よろしくお願いします」

浜本さんはそう言って電話を切った。


夕食のとき、母に浜本さんから聞いたことを話すと、母も驚いたようだった。

『『東京散歩』を復刊……?』

「お母さんもやっぱり知らなかったんだ」

「うん、全然」

「浜本さんの話では、物語ペーパーがあちこちで話題になっているのをもとの出版社の人が耳にして、だったら、ってことになったみたいで」

「そうか。浜本さんのインタビューだけじゃなくて、記念館グッズは新聞やウェブでも紹介されてたもんね。でも、もしほんとに復刊が実現したらちょっとうれしいね」

落ち着いた口調だが、目元に喜びがにじんでいる。

「作家はみんな懸命に作品を書いて、わたしたちもがんばって本にする。売れているあいだはいいけど、多くの本は何年か経つと姿を消しちゃう。出版社にとっては本は商品で、無限に置いておけるわけじゃないから仕方がないことなんだけど」

　食卓に視線を落とし、しずかにそう言った。

「言葉が文字として印刷されて、本になる。本来、人の思いは形のないもので、その人が死んだら失われてしまう。でも本になれば形になって、いつまでも取っておける。若いころはそのことにすごく希望を感じていたんだけどね」

　母はため息をついた。

「いまはちがうの？」

「流通しなくなった本はやっぱり忘れられちゃうから。わたしが担当した本でも、姿を消しちゃったものは無数にある。忘れないでもらいたい、という思いはあるけど」

「そうなんだ」

「お父さんがもう少し長く生きてたら、ってよく思うよ。みんな新作が出ないと忘れちゃうから。同じ時期にデビューした作家で、いまも書いてる人もいるもんね。それを見るとちょっと悔しくなる。長生きしたもんが勝ち、みたいな」

　母が苦笑いする。考えたら小冊子研究会で作った雑誌だって、あれほどがんばって作っても、数年後ちゃんと覚えているのは作ったわたしたちくらいだろう。

「でもまあ、本って、人が作ったものの中では長生きする方か。料理はどんなに手をかけてもそのとき食べ終わったら終わりだし、服も靴も流行《はや》り廃りがあるし。本みたいに何年も人の心に残ったり、広まったりするものなんてあんまりない」

「そうだね」

うちには父の本が全部ならんでいる。わたしが生きているかぎりずっとあるだろう。

「けど、復刊したらほんとうれしいよ。百花のおかげだね」

「え、なんでわたしの？」

戸惑って訊《き》いた。

「だって、百花が物語ペーパーを作ったからでしょう？」

「そうか、そんなふうに思ったことなかった。物語ペーパーができたのも、いろんな書店に広まったのも、わたしの力じゃないから」

わたしが考えたのは、なにかの文章を和紙に活版印刷して蠟引《ろうび》きした紙を作ること。印刷する文章を父の小説にするというのも、紫乃叔母さんの思いつきだった。

あれは母と紫乃叔母さんにどんな文章を使うか相談していたときのことだった。母とわたしが版権切れの文豪の作品や古典という案を出していたときに、紫乃叔母さんが突然父の『東京散歩』をあげたのだ。

もちろん紙一枚に全文を掲載することはできないが、どれもエッセイに近い掌編で、作者の感覚の流れを描いたものだから、抜粋でも気持ちは伝わる。著作権継承者は母だから、母が了承すればＯＫというところも好都合だった。

企画が通ったのは、藤崎さんや綿貫さんが父の小説が好きだったから。いろいろな書店とコラボできるようになったのも、父のファンだった人や、最初の物語ペーパーを見てその文章に惹《ひ》かれ、『東京散歩』を古書で買って読んでくれた人がいたから。

「お父さん自身の力なんだよ、きっと」

わたしは言った。

「え、お父さんの？」

母が目を丸くする。

「本のなかに、お父さんの忘れられたくない、っていう気持ちがこもっていたんじゃないかな。それが人から人へ伝わった。それはわたしの力じゃなくて、お父さんの言葉の力なんだと思う」

「そうか。そうかもしれないね」

母は大きく息を吸った。

「言葉ってすごいね。こうやって形が残っていれば、息を吹き返すこともあるんだ」

「復刊はまだ正式に決まったわけじゃないからね」

「わかってる。決まったらまずわたしのところに連絡してくるでしょ。でもなんとなく、大丈夫な予感がする」

母が笑った。

「予感？」

「うん。お父さんが、いける、って言った気がした」

「そっか」

わたしはうなずいた。

「あ、それでね、浜本さんの電話の本題はそこじゃなくて……。前に道草書房で『東京散歩』の台東区の話を本にするって話、したでしょう？」

「うん、一編だけ活版印刷して小冊子を作るって……」

「そう。でも、もし『東京散歩』が復刊されるなら、その小冊子を作っても売れないかもしれないってことで……」

「それはそうだよね。同じ時期に全部の内容が収録された復刊が出るんだったら、みんなそっちを買うだろうし」

「うん。でも、浜本さんはやっぱりお父さんの本を出したいみたいで、道草書房の社長さんにお父さんの別の作品を本にすることを打診してるみたい」

「別の作品か……。道草書房で作るんだから、やっぱり活版印刷でってことよね？」

母の言葉に、そうみたいだね、とうなずいた。

「となると、あんまり長い作品は無理ってことだよね。長編もほとんどが絶版になってるけど、あの長さをいま活版印刷で作るのはちょっとむずかしいだろうし……」

「そうだね。『東京散歩』くらいの掌編がいちばんいいんじゃないかな」

「短編集はあるけど、どれも短編って言ってもそれなりに長いよ。『東京散歩』は雑誌掲載のときのレイアウトに合わせて作った作品だから、特別短いんだよ」

たしかに母の言う通りだ。わたしも本棚にある父の本を思い返してみたが、『東京散歩』ほど短い作品を集めたものはなかった。

「これまで本になっていない作品はないのかな」

「最後に考えてたのは未完っていうか、ちゃんと書き出す前にお父さんが亡くなっちゃったからなあ。作家活動していたあいだの作品は全部本になってると思うんだよね。あとは、デビュー前……？　なんかあったかなあ」

母はしばらく考えこんでいたが、思いつかないらしい。

「ごめん。でも、ちょっと考えておくよ。いま思い出せないだけで、なんかあったかもしれないから」

「うん、わかった」

わたしはうなずいて、湯呑《ゆの》みに残っていたお茶を飲んだ。

5

会社の仕事納めは十二月二十八日。翌日の二十九日は、母とふたりで家の大掃除に明け暮れた。夕方までに掃除を終わらせ、夕食のあとばたばたと帰省の荷物をまとめる。

去年は夏もお正月も行けなかったから、飯田に行くのは二年ぶり。みんなワクチン接種を受けているし、母と叔母《おば》とわたしは念のためＰＣＲ検査も受けた。いまのところ感染者数も落ち着いているけれど、正月休みでまた激増するという予測もあったから、三十日に帰省し、二日には東京に戻る、という計画だった。

三十日は早起きして、紫乃叔母さんと三人で新宿のバスタへ。そこから高速バスで飯田に向かった。

祖父は亡くなっているので、飯田にある母の実家には、祖母のてるばあちゃんと、母の兄の寛也《ひろや》伯父《おじ》さんの一家が住んでいる。義理の伯母の多津子《たつこ》さん、いとこの崇兄《たかし》さんと、わたしの三つ上の遥香《はるか》ちゃん。

以前は古い木造の家で、わたしが最初に提案した記念館グッズの「組子障子のカード」は、この飯田の家の居間にあった組子障子から発想したものだった。だが老朽化したため、わたしが大学三年のときに建て替えることになった。

大学三年の冬休みは、あたらしくなった家に泊まった。家はぴかぴかで、床暖房が効いていてとてもあたたかかった。古い家の組子障子は、思い出もあるし、貴重なものだということもあって、居間の扉にリメイクしてもらっていた。

あたらしい家に泊まったのはそのとき一度きり。お正月のあとコロナ禍にはいってしまったからだ。それでなんとなく、いまも飯田にはあの古い家があるような気がしてしまう。

バスを降りるとみぞれが降っていた。バスターミナルには遥香ちゃんが車で迎えにきてくれていて、午後から雪になるかも、と言った。

「今年は寒そうだね。家、建て替えといてよかったよ」

遥香ちゃんが笑った。支度をしているとき、母から今年は寒いみたいだから防寒はしっかりした方がいいかも、と言われた。それで母から古いダウンのコートを借りたのだが、正解だったみたいだ。

「買い物はしなくていいの？」

「うん。今年はね、おせち作りもそんなにないから」

遥香ちゃんに言われ、車に乗りこむ。

祖父が長男だったので、祖父が亡くなったあとも、元日には例年祖母の家に親戚《しんせき》が集まっていた。祖父の弟たちとその子どもたちの家族である。しかし、去年はその集まりも中止になり、今年も新年会はしないことになった。

だから、今年はおせちの品数も少なく、もう作り終わったのだそうだ。毎年山のようなおせちを作っていた多津子伯母さんは、楽にはなったが、なんだか張り合いがない、と言っているらしい。

「いまはあのお正月のばたばたもないしね。小学校の行事もいろいろ中止になったり、保護者の参加ができなくなったりしてる。仕方がないことだけど、子どもたちはいろんなことを体験できなくなっちゃってて、やっぱりかわいそうだな、と思うよ」

車を運転しながら遥香ちゃんが言った。

遥香ちゃんは大学で東京に出てきていたから、そのころはよくいっしょに出かけたりしていた。飯田は人形劇が盛んで、遥香ちゃんは中学高校と人形劇部にいた。それで、大学は伝統演劇を学ぶために東京の大学に進学したのだ。

卒業後、人形浄瑠璃《じょうるり》など伝統演劇関係の仕事に就くことも考えたけど、いろいろ考えた結果、こちらに戻って小学校の教員になった。

遥香ちゃんの学校の生徒たちの話を聞いているうちに飯田の家に到着した。

「いらっしゃい。寒いなか、よく来たね」

インターフォンを押すと、すぐにてるばあちゃんが玄関に出てきた。

あれ？　もしかして、小さくなった……？

にっこり笑う祖母を見ながら、一瞬言葉が止まった。

二年会っていなかったからだろうか。少し背が縮み、顔も小さくなったように見えた。ビデオ通話は何度もしていたけれど、画面に全身が映るわけじゃないし、画質もそこまで良くない。だから変化をあまり感じなかった。

「百花、だいぶ大人っぽくなったね」

祖母が微笑む。にっこり笑ったときの皺《しわ》のはいり方は以前の祖母と変わらない。やわらかい表情にほっとした。

「え、そう？　全然変わってないよ」

わたしは笑った。

「ううん、変わった、変わった。表情がきりっとしたし」

遥香ちゃんが笑う。

「自分では毎日見てるからわからないんだよ。わたしもねえ、小さくなったでしょ？」

祖母が言った。

「そうかな？」

小さくなった、とは言えず、あいまいに答える。

「小さくなったんだよ。この前、久しぶりに身長を測ってね。ずいぶん縮んでた」

祖母はあっけらかんと笑った。

「そっか。でも、元気そうだよ」

「元気は元気。でも、年だからね。生き物は不思議だよね。赤ちゃんからだんだん大きくなって、縮むことはないんだと思ってたけど、年取ると小さくなるんだね。昼寝の時間も増えたし、だんだん赤ちゃんに戻ってくのかねえ」

にこにこした顔で、のんびりと言った。

「まあ、でもいまのところはちゃんと身体も動くから。若いころにくらべたら、いろんなことがゆっくりになったけど、それはまあ、仕方ない。ところで昼ごはんは？」

「まだ食べてないよ」

紫乃叔母さんが答える。到着がお昼過ぎになるから、母と叔母は、お弁当を買ってバスのなかで食べると言ったようだが、例によって祖母が、こっちに来ればなんかある、と言って譲らなかった。

「じゃあ、まずはごはん食べようか」

祖母が微笑む。あたらしい家にまだ慣れず、一瞬居間がどっちだったかわからず、きょときょとした。

「こっちだよ」

祖母は笑いながら、廊下の奥に進んでいった。


昼食後、片づけをしながら、母と叔母は多津子さんと話しこんでいる。遥香ちゃんは出かけてしまったし、わたしは祖母と居間で水引結びをすることにした。

この家ではむかしからお正月の食卓で祖母が結んだ水引を箸置《はしお》きに使う。以前は元日の親戚の集まりがあるから四十個、五十個作っていたが、今年はそこまでいらない。

飯田は水引の生産で有名な土地だ。水引とは紙を撚《よ》って作った紐《ひも》のようなもので、さまざまな形に結んで熨斗《のし》袋にかけたりする。昭和期には結納品の飾りとしてずいぶん栄えていたらしく、祖母も水引結びの内職をしていたのだそうだ。母と紫乃叔母さんが東京の大学に出られたのも、祖母の内職の稼ぎがあったからだと聞いていた。

大学二年のお正月休み、ここで祖母とはじめて水引を結んだ。それまでも祖母が水引で箸置きを作っているのは知っていたし、きれいだと思ってはいたが、そこまでの興味はなかった。だが記念館でバイトするようになったこともあり、水引も紙でできていることを知って、俄然《がぜん》興味がわいた。

水引にはいろいろな色があり、赤や白、黒、金、銀など基本的な色のものにはそれぞれ意味がある。赤は生命力の象徴、黒は闇で、白は光、金銀は富。赤白、金銀、赤金は祝いごと、白黒、双銀は弔事など、使い道が決まっている。だから祖母はお正月の箸置きに赤白を使っていた。

結び方もいろいろある。そのなかで箸置きに使っているのは、いちばん基本と言われるあわじ結び。わたしもこの結び方を習って、箸置き作りを手伝った。そのあと、あわじ結びを少し変形させた梅結びも習い、みんなで吊《つ》るし飾りを作った。

あれはまだ、ここが古い家だったときのこと。ほんとうは家の建て替えにさびしさを感じていたのに、祖母はそのことを口にできずにいた。でも水引を結び続けるうちに、わたしたちに話してくれたのだ。

——ほんとはさ、この家がなくなるのが少しさびしかったんだ。

——ここは嫁いできた家だからね。いいことばっかりじゃなかったよ。義父も義母もきびしかったし、家事も内職もたいへんで……。楽しいことなんて、そんなになかった気がする。けど、ずっと暮らしてきた家だからね。毎日掃除して、整えてきたからね。

——好きとか、嫌いとかじゃなくて、ここがわたしの人生そのものっていうか……。それがなくなっちゃうのが怖かったのかもしれないねえ。

あれからもう三年も経ったんだ。この二年間は祖母と会えなかった。となりで水引を結んでいる祖母を見た。水引を結ぶ仕草に衰えはない。でも、座っていても少し小さくなったのがわかる。時間はどんどん過ぎていくんだな、とさびしくなった。

小冊子研究会の後輩の松下《まつした》さんが、コロナ禍になって施設に入居しているお祖母《ばあ》さまと会えなくなった、という話をしていたのを思い出した。いまはどうなっているんだろう。松下さん、お祖母さまに会えたんだろうか。

「百花、結ぶのうまくなったねえ」

祖母がわたしの結んだ水引を見つめる。

「そうかな？　記念館のバイトでも何度か結んだしね。それに、卒業するとき表紙に水引を使ったアルバムを作って、ゼミの先生に渡したんだ」

「ああ、そんなこと言ってたね」

祖母がにこにことうなずく。

「あのときはばたばたしてたから、写真、送ってなかったね」

わたしはスマホの写真をスクロールして、アルバムの写真を探した。

「ほら、こんな感じ……」

見つけた写真を祖母に見せる。祖母は画面をじっと見つめた。

「へえ、きれいだねえ。そうか、こういう使い方もあるのか」

結んだ水引を表紙に貼ると棚にしまいにくくなるだろうと考え、水引を平面的に使ったのだ。何本も横にならべると、線だった水引が面になる。色の取り合わせによって雰囲気が変わり、結んだものとはまたちがう魅力がある。

　笹山先生もわたしたちの卒業と同時に大学を定年退職された。いまはどうしているんだろう。卒業式も卒業パーティーもなく、ゼミで集まることもできず、結局会えないままで終わってしまったけれど。

「おばあちゃんも、遥香ちゃんといっしょにグッズ販売してるんでしょ？」

「うん、ぼちぼちやってるよ。取り扱ってくれてるカフェも営業を再開したしね。観光の人は少ないみたいだけど、ちゃんと売れてる。お年玉袋はけっこう出たよ。もともと地元の人が買ってくれてたんじゃないかな。SNSも役立ってるんだ」

　祖母の水引の写真をアップできるように、わたしがSNSの使い方を教えたのだ。最初は戸惑っていたが、いつのまにかすっかり慣れて、使いこなしている。

「よかった。あたらしい記念館ができたら、おばあちゃんの商品も扱いたいなあ」

「百花はその準備で忙しいんだよね。川越だったっけ、場所は」

「そうそう。蔵造りの古い建物だから、改修にけっこう時間がかかるみたい」

「ふうん。前に送ってもらった写真の建物だよね。すごい建物だってみんな言ってたよ。オープンしたら一度見に行きたいねえ」

「えー、絶対見にきて。いまね、記念館のオリジナルグッズもいろいろ考えてるんだよ。まずは懐紙を作ることになってるんだ」

「へえ、懐紙」

祖母が目を丸くする。

「懐紙って茶席以外ではあまり使われないけど、持ってると便利でしょう？　だから、ふだんでも使えるようなデザインにしようと思ってて」

わたしはスマホの写真から石井さんから送られてきたデザインの案を選んで見せた。

「うわあ、これはまたおしゃれだね」

「懐紙入れもオリジナルを作るんだよ。藤崎さんがいろいろ工夫してて……」

そちらの試作品の写真を見せようと、写真をスクロールする。

「百花、楽しそうだね」

祖母の言葉に顔をあげた。

「仕事、充実してるって感じだね」

「うん。楽しいよ。あたらしい記念館の企画は、同期の人たちとチームを組んでいろいろ考えてて。ああ、もちろん資料整理とか面倒な仕事もたくさんあるけど」

バイトのときみたいに、ものづくりのことだけ考えていればいいわけじゃない。一日の大半、表計算ソフトとにらめっこという日もある。でも、プロジェクトチームでの仕事は時間を忘れてしまうほど楽しかった。

「そうか。よかったね。でもそしたら絶対見に行かないとね。わたしもちゃんと体力が落ちないように、毎日体操しとく」

祖母が笑った。

「え、体操？」

「デイサービスで体操を習うようになったんだ。座ってばかりいると健康に良くないって多津子さんに言われて、週に一度通うようになった」

「そうなんだ」

「けっこうハードな運動なんだよ。最初は辛《つら》かったけど、おかげで身体も動くようになったし、身体は少し小さくなったけど、体調はいいんだ」

最初は心配したけど、話を聞いたら元気そうだ。よかった、と安心した。

「百花、ここにいたんだ」

居間の扉が開いて、紫乃叔母《おば》さんがはいってきた。

「多津子さんとお母さんは？」

「まだ台所で話しこんでるよ」

叔母は笑った。

「ああ、水引結んでたんだ。お正月の箸置《はしお》き用？」

叔母は座卓の上にならんだ水引を見てそう言った。

「わたしも手伝う」

叔母が畳のスペースにやってくる。

「残念。もう百花とふたりで全部作っちゃった」

祖母が笑って答えると、叔母は、えーっ、と不満そうに言った。

「なんだ、もっと早く来ればよかった」

「まあ、箸置きは全部できちゃったけど、水引はあるから、少し結ぶ?」

祖母が言う。

「じゃあ、ひとつだけ。わたしもね、あれからお店でもときどき結ぶようになったから、けっこう上達したよ」

叔母がわたしのとなりに座った。

叔母は家の近くで「日日草《にちにちそう》」という器の店を営んでいる。若いころは祖母の内職に無関心だったようだが、わたしといっしょにここで水引の結び方を教わってからは、店のディスプレイやラッピングで水引を使うようになったみたいだ。

「亀もできるようになった」

「え、ほんとに?」

亀結びはあわじ結びや梅結びより複雑な形で、応用するといろいろなものが作れるようになる。むかしの水引の飾り作りの内職は分業化されていて、それぞれ担当が決まっていたようだ。祖母は亀の担当で、毎日亀ばかり作っていたらしい。

最初にここで水引を習ったときはたどたどしい手つきだったのに、いまは叔母もすっかり慣れ、すいすいっと亀結びを作った。

「へえ、うまいじゃない」

「お客さまにもけっこう喜ばれるんだ。結び方を教えてほしいって言われるときもある。

役に立つのもあるけど、結ぶこと自体が楽しいんだよね。手を動かしてるとなんとなく落ち着くし」

　叔母は自分が結んだ亀を手に取って、光にかざす。

「ほんと、なにか作るって楽しいよね」

　わたしも思わずそう言った。

「百花は、仕事もそっちになったしね」

「まあ、ものづくりそのものじゃないけど。わたしの仕事は商品をみんなに届けることで……。どんな形にするか考えて、商品の素晴らしさを広めて、作り方を紹介して……」

「つまり、お店だよね。そう考えると、わたしといっしょか」

　たしかに、と思った。叔母は仕入れも自分でおこなっている。産地におもむき、良いものを探し、買いつける。職人とのつながりも多いし、ときには叔母の方からこういうものを作ってほしい、と提案することもあるのだそうだ。

　そういう意味ではいまのわたしの仕事も、叔母のしていることに通じるところがある。水引のアルバムを作るときも、叔母と試作品を作った。美大出身だけあって、手先も器用で、道具の扱いもうまかった。

「紫乃叔母さんって、美大出身なんだよね。どうしてそっちの道に進まなかったの？」

　わたしが訊《き》くと、叔母は、うーん、と上を見た。

「絵が好きで美大に行ったんだけど、行ってみたらちょっとちがったんだよね。変わった人ばかりで、すごいなあ、とは思うけど、自分には表現の道で生きるのは無理だと思った。あそこではよっぽど強い自分を持ってないとダメなんだよね」

「そういうものなのか」

「まわりからなにを言われようと、自分の信じる道を貫く。というか、ほんとうにそれしか見えない、っていう人じゃないと作家にはなれない。わたしはそうはなれなかったし、それにもっと……」

叔母はそこで少し言葉を止めた。

「なんだろう、まわりの人が喜ぶものを作りたかったんだよね」

「喜ぶもの？」

「きれいだったり、かわいかったり、人が見てしあわせな気持ちになるもの。大学では、そういうのは単に世の中に迎合してるだけと見なされるようなところがあったんだよね。芸術は人のために作るものじゃないっていうか」

叔母は笑った。

「卒業してからはいろんな仕事をしたんだけど、だんだん器の世界に惹《ひ》かれるようになって。器には用途があるからアートとは言えない。それに、焼き物は土と釉薬《ゆうやく》で作るでしょう。そのときの火の具合によっても出来が変わる。人の意図通りにはならない。そういうところもおもしろいと思った」

「紙もそうだよね」

「そうそう。一成くんとはそういうところで話が合ったんだよね」

叔母は藤崎さんのことを「一成くん」と呼ぶ。そもそも、わたしが記念館でバイトするようになったのも、叔母の紹介によるものだった。

「器の世界にかかわっているうちに、自分はこっちでいこう、って思ったんだ。店を出すまではたいへんだったけど、はじめてよかったと思うよ。いい作品を人に届けることができたときは、すごく充実感がある」

「そうか。そうだよね。わたしもワークショップを楽しんでいるお客さんを見ると、すごくうれしくなる」

「あの記念館でやった水引のワークショップは楽しかったよね」

祖母がうれしそうに言った。以前記念館で水引のワークショップをしたとき、頼んでいた講師の先生が手を怪我してしまい、急遽《きゅうきょ》祖母に講師として来てもらったのだ。

「お母さん、大活躍だったもんね」

叔母が言った。

「みんなが楽しそうに結んでいるのを見てたら、なんだかこっちまで楽しくなってね。手作業は不思議だよね。いまも水引を結んでると内職していたころのことを思い出す。手が時間を超えて、遠くとつながってるみたいに」

祖母はじっと自分の手を見つめた。

「そういえば、百花が最初に作った和紙グッズは、あの組子障子をカードにしたものだったんだよね」

叔母が居間の扉の方を見る。

「前にもらったカード、いまも大事に持ってるよ。あれがあるから、家を建て替えても大丈夫だと思えた。結局遥香たちががんばって、ああやって扉にして残してくれたんだけど」

「よかったよね。実物が残って」

叔母が深くうなずく。

「形は変わったけど、あの組子を見ると安心するんだ。自分はちゃんとここにいたんだ、がんばって生きて来たんだ、って思える」

祖母はふんわりした笑みを浮かべた。

「あれはいいものだもんね。子どものころ、きれいだなあと思いながらよくながめてた。高価なものだなんて全然知らなかったんだけど。わたしにとっての『美』の原点かもしれない。あの障子、百花のお父さんも好きだって言ってたよね」

「そうそう、雪彦さんはあの障子が好きで、飯田に来たときは、よくあの障子の近くに座卓を置いて、仕事してた」

祖母が思い出すように言う。

「そうなの？」

わたしは訊いた。

「うん。あの障子を見てると、いい話が思いつくんですよ、って言ってた」

叔母もうなずいてそう言った。父もあの障子が好きだったことは前に母からも聞いたことがあった。

父は亡くなって、いまはどこにもいない。あの家もない。でも、こうして父と障子の記憶はわたしたちのなかに残っていて、わたしを守ってくれているのだ、と思った。

6

夜は、てるばあちゃん、寛也伯父《おじ》さん、多津子伯母《おば》さん、崇兄さん、遥香ちゃん、紫乃叔母《おば》さん、母、わたしで食卓についた。おせちもあって、久しぶりの飯田の食事で心がなごんだ。

「去年はおせちもほとんど作らなかったんですけど、やっぱり物足りなくて。今年は作ることにしたんです。量が少ないからすぐにできちゃいましたけど」

多津子さんが笑った。

寛也伯父さんや崇兄さんから訊かれ、わたしは川越にできる新記念館の話をした。みんな建物のことや紙屋ふじさきベーシックラインという商品シリーズに興味を持ったみたいで、記念館がオープンしたら見に行きたい、と言ってくれた。

感染症対策を考え、夜の初詣《はつもうで》はなし。家でゆっくり過ごして、年が明けたところで新年のあいさつをして眠りについた。

いつもなら夜みんなで初詣に行くので、元日の朝は遅くまでぐっすり眠ってしまうのだが、今回は七時過ぎに目が覚めた。

紫乃叔母さんはまだ眠っているが、母の姿はなかった。部屋を出て、居間に行く。母はもう着替えて珈琲《コーヒー》を飲んでいた。

「あれ、百花、もう起きたんだ」

母がこっちを見る。

「うん。昨日そんなに遅くならなかったからかな。紫乃叔母さんはまだ寝てるけど」

「そうか。まあ、お正月だし、ゆっくり寝かせておこう。崇くんも遥香ちゃんもまだ寝てるみたいだし」

「おばあちゃんや伯父さんたちは？」

「もう起きてるよ。雪も降ってないから、さっき三人で神社に初詣に行った。いまなら空《す》いてるだろうから、さっと行って帰ってくるって」

「そうなんだ。お母さんは行かなくてよかったの？」

「うん。わたしはほかに行きたいところがあって。おばあちゃんたちが帰ってきたらひとりで行こうと思ってたんだけど、百花もいっしょに行く？」

「行きたいところって？」

「え、いまは年末年始で閉まってるんじゃないの？」

「閉まってるよ。でも、明日《あした》帰る予定でしょ？　開くのは四日以降だろうから、どうせなかにははいれない。でも、建物を外側からながめておこうと思って」

母はそう言って息をついた。

柳田國男館。父が好きだった場所だ。かつて飯田城の本丸があった場所に建っている。

柳田國男館の建物は、東京の世田谷《せたがや》区成城《せいじょう》にあった「喜談書屋《きたんしょおく》」を移築したものだ。

柳田國男は生まれは兵庫県だが、旧飯田藩士・柳田家の養嗣子となり、柳田直平《なおひら》の四女と結婚している。その縁で、飯田市美術博物館の付属施設としてここに移築された。

父は母と結婚する半年前、はじめて飯田に来て、柳田國男館を訪れた。建物の雰囲気を気に入って、以来飯田を訪れるたびに必ず立ち寄っていたのだそうだ。

父が亡くなったあとは、父を思い出すのが辛《つら》くて母は近づかなくなっていたようだったが、わたしが大学二年のお正月にいっしょにここに来た。そのとき母から、父とはじめてここに来たときの話を聞いたのだ。

「うん、わたしも行く」

「そう。じゃあ、着替えてきて。おばあちゃんたちもそろそろ帰ってくると思うから」

急いで部屋に戻り、叔母を起こさないようにしずかに着替える。叔母はぐっすり眠っていて、起きる気配がない。上着を持って居間に戻った。

「柳田國男館《やなぎたくにお》」

母が淹《い》れてくれた珈琲を飲んでいると、祖母たちが帰ってきた。

母が柳田國男館に行くと言うと、伯父が車で送るよ、と言った。歩けば四、五十分はかかるらしい。

「そしたら、行きだけ。帰りは散歩がてら、歩いて戻るから」

母はそう答えた。コートを着て、マフラーを巻いて外に出た。寒いけれど、空は晴れてきている。車で美術博物館まで行き、そこで降りた。

美術博物館も休みだし、まだ朝早いからだれもいない。橋を渡っていくと、柳田國男館が見えてきた。白い壁に瓦《かわら》の屋根。ヨーロッパの古い家のような建物だ。イングリッシュ・コッテージの木骨《もっこつ》様式と言うのだと前に学んだ。

「立派だよねえ」

建物を見あげながら母が言った。

「お父さんはここに来ると必ず、書斎の本棚を長いことながめてた。ひとりの人間がこれだけの量の仕事を成し遂げたというのが信じられない、って」

「そうだよね。すごい量の本だったもんね」

以前、母となかにはいったときのことを思い出す。建物のなかにはおよそ二十三坪という大きな書斎があって、その壁面はすべて本棚。古く立派な書物が詰まっていた。部屋の真ん中に四本の柱があり「民俗学の土俵」と呼ばれていたのだという。

「お父さんは学者じゃなかったけど、ここに来るとよく『自分もなにかを成し遂げることができるのか』って言ってたっけ」

「なにかを成し遂げる……？」

「そのときにはお父さんはすでに何冊も本を書いてたし、もう何冊も著作があるじゃないですか、って言ったんだけど、小説のなかで後世に残るものなんてほんのひと握りだよ、って笑ってた」

母は少し微笑んで、うつむいた。

「自分の本はベストセラーにもなってない。それに、たとえ何百万部のベストセラーになったって、時代が変われば多くは消える。学問の世界にも名前の残らない研究者はたくさんいるんだろうけど、大きな木につながってはいるって話してた」

「そうかもしれないけど。でも、小説を書くのだってたいへんなことだよね」

「わたしもそう思うよ。でも、お父さんは、小説執筆は結局、自分の作った世界のなかを旅しているだけなんだって笑ってた。だから、自分の外側を描きたい、って」

「外側……？」

「うん。自分の内側から出て、外に行って知らないものと出会って、それを言葉の形にして人に送り届ける。それで、いろいろな土地のものづくりに携わっている人たちの姿を見に行ってた。だれかが懸命に作っていたものを言葉の形にして残したい、って。つくづく生真面目な人だよね」

　母は笑った。

「もっと人生を楽しんだってよかったのにね。ただ生きて、おいしいものを食べて、笑ったり泣いたりして、あとになにも残らない人生だって……。でも、わたしもそう。だれかの言葉を本に刻みつけるために、毎日毎日仕事してる。なんでこんなことやってるんだろう、ってよく思う」

「うん。そうだね」

　わたしはうなずいた。

「お父さんはもっと生きて、言葉を残したかったんだと思うんだよね。だから、言葉を形にしたいと思っている人を見ると、その願いを叶《かな》える手助けをしたい、って思っちゃう。仕事って不思議だね」

「でも、楽しいよね」

「そうか、百花も仕事が楽しいんだね。よかったよ」

　母が微笑んだ。わたしはどう答えたらいいのかわからず、うん、とうなずいた。

　しばらく柳田國男館と美術博物館のまわりを散歩して、家に戻ることにした。

「そういえば、昨日おばあちゃんや紫乃おばさんと話したんだけど」

　坂をおりながらわたしは言った。

「お父さん、前の飯田の家の組子障子が好きだったんでしょ？　飯田の家で仕事するときは、あの障子の近くで書き物をしてたっておばあちゃんが言ってた」

「そうそう。いつも締め切りに間に合わなくて原稿を持ってきてたんだよね。それであの障子の近くに座卓を出して、原稿用紙を広げて……」

そこまで言って、母は言葉をとめた。

「どうしたの？」

「そういえば、お父さんがあの組子障子のことを書いた文章があったな、って思い出して。しかも、それ、百花が生まれた日のことを書いた文章で……」

そんな文章は読んだことがない。

「百花は読んでなかったんだね。あれは雑誌に短期連載したエッセイで、どの本にも収録されてなかったから……」

「エッセイ？」

「そう。季刊の雑誌で一年間連載してて……。毎年ちがう人が一年間連載するっていう企画だったんだよねそのなかの一編が百花が生まれた日の話だったんだ」

「わたしが生まれた日の話……。」

「百花が生まれるとき、わたしはこっちに里帰りしててね。お父さんは仕事が終わらなくて東京に残ってたんだけど、生まれる直前に原稿を片づけてこっちに来たの」

「間に合ったの？」

「うん。でも、名前を決めてなくて」

「生まれるまで性別がわからなかったとか？」

よくわからないが、むかしだからそういうこともあるのかもしれないと思った。

「わかってたよ。それまでも何度も話し合ったけど、なかなかいいのが思いつかなくて。お父さんは作家でしょう？　それで、おじいちゃんもおばあちゃんも、お父さんが決めたものがいい、って言って」

「お母さんも？」

「うん。わたしだっていろいろ考えてはいたよ。けど、これだけはお父さんに決めてもらいたい、と思ってたんだよね。でも、お父さん、ずっと仕事に追われてて、結局こっちに着いたときもまだ名前を決めてなくて」

「みんなに言われてプレッシャーだったんじゃないの？」

「まあ、それもあるかもだけど」

母が笑った。

「とにかく、大きな原稿は編集者に渡したけど、まだ細かい仕事がいくつも残ってて、こっちに着いた次の日の朝も、組子障子の近くに座卓を出して、仕事してたみたいで。エッセイにそのときのことが書いてあったんだ」

「そうなんだ。ちょっと読んでみたいけど……」

「ちゃんととってあるから大丈夫。東京に帰ったら見せるよ」

わたしが生まれた日の話。どんなことが書いてあるのか、少しどきどきした。

家に戻ると、遥香ちゃんや叔母《おば》も起きてきていて、遅い朝食がはじまった。おせちとお雑煮がならび、昨日祖母と作った水引の箸置《はしお》きが置かれている。

いつもなら、午後に一族の集まりがあるので、朝食のあとはその準備でばたばたするのだが、今年はそれもない。崇兄さんの運転で、叔母、母、遥香ちゃん、わたしの五人で初詣《はつもうで》に行った。

町に出ても今日はどこもあいていない。少しドライブしてから家に戻り、あとはそれぞれのんびり過ごした。


翌日の午後のバスで東京に戻った。家に着いたときはもう夜だった。

郵便受けを見ると、年賀状が届いていた。薫子さんや藤崎さん、笹山先生やゼミの同期、莉子や小冊子研究会の後輩からのものもあった。

乾《いぬい》くんも松下さんも就職先は決まったみたいだ。松下さんの年賀状には「祖母と会うことができるようになりました」と書かれていて、少しほっとした。

叔母と三人で簡単な夕食をとったあと、母が自分の部屋から例のエッセイが掲載された古い雑誌を持ってきた。かつて大手飲料メーカーが刊行していた季刊雑誌で、もうずいぶん前に廃刊になっている。カラーのページも多く、贅沢《ぜいたく》な作りだった。

「ああ、このころはこういう充実した雑誌があったんだよねえ」

叔母がなつかしそうに表紙を見た。

「雑誌文化が栄えてたころだもんね」

母が言った。

「お父さんのエッセイはね、ここに載ってる」

母がページを開いてわたしの前に置いた。「誕生の日」というタイトルと、吉野雪彦という著者名が目にはいった。

これまで、父の書いた本は何度も目にしていた。だが当時の雑誌に父の名前が載っているのを見るのははじめてなんじゃないかと思った。


組子障子に日の光が透けている。

この古い飯田の家は、妻の冬海《ふゆみ》の実家である。出産を控えた冬海は一週間ほど前から里帰りをしている。僕はひとり東京の家に残っていたのだが、昨日の朝方ようやく連載の原稿を書き上げ、家にきた編集者に原稿を渡したあと飯田に行く列車に乗った。

飯田駅には義父が車で迎えにきてくれていた。畑の続く広々とした景色を見ながら、冬海の状態を聞いた。予定日は昨日で、一昨日《おととい》おしるしがあったからそろそろじゃないか、と言う。

父のエッセイはそんな文章からはじまっていた。

ここに書かれている義父というのは、数年前に亡くなった祖父のことだろう。

そして、これは飯田の古い家の話だ。いまは父も祖父もこの世を去り、飯田の家もあたらしいものに建て替えられた。それでもこの文章を読んだ途端、祖父が生きていたころのあの古い家の思い出が頭のなかにふわあっと広がった。

広い畳の部屋。組子障子に透ける光。祖父や祖母の声。文字の中には、そのころの空気が閉じこめられている。

エッセイのなかで、父は祖父母と母に迎えられ、飯田の家で夕食をとる。そのあと、夜、となりで眠っている母を見ながら、お腹のなかの子どもに話しかける。

「お腹のなかの君、起きているのかな」

薄闇のなかで僕はひそっとつぶやいた。返事はない。冬海もぐっすり眠ったままだ。

「まだ言葉はわからないだろうけど、君はいつこの世に出てくるつもりなんだい？」

風の音だけが聞こえてくる。

「外の世界にはね、知らないものがたくさんあって、怖いことも辛《つら》いこともあるんだ。でも、素晴らしいこともたくさんあるんだよ。だからね、早く出ておいで」

その文章を読んだとき、父の声が聞こえた気がした。

ここで父が話しかけているお腹のなかの子どもはわたしなのだ。これはわたしがまだ母のお腹のなかにいたときの話。そう思うと、なんだか不思議な気持ちになる。

「けっこう長いものなんだね」

ページをめくり、そう言った。エッセイというから、勝手に一ページか二ページくらいのものだと思っていたが、それなりにページがある。

「そうそう。毎回原稿用紙二十枚分くらいはあったからね。わりと長めのエッセイ」

「それに、ちょっと小説みたいだったよねえ」

叔母が笑った。

「そうだね、エッセイはあまり得意じゃなかったっていうか、エッセイ書こうとしても小説みたいになっちゃうって言ってた」

「出てくるのは実在の人なんだけどね。文体のせいかな。なんとなく、私小説とエッセイの中間みたいな感じで、姉さんや百花のことが書かれてると、自分の知ってる人が小説に登場したみたいで、なんだかくすぐったい感じがしたなあ」

母と叔母がいるところで読むのは落ち着かないので、母に雑誌を借り、あとで読むことにした。


自分の部屋に戻ってから、借りた雑誌を広げた。

雑誌は四冊。わたしが生まれた年の一年分で、夏号はわたしが生まれたときの話。それ以外は取材や旅行で日本各地を訪れたときのものだった。

考えたら、夏号も妻の出産という特殊な状況ではあるが飯田を訪れる話で、このコーナーのタイトルは「遠い風景」。ずっと続いているコーナーのようで、父以外の書き手もきっと遠くに出かけたときの話を書いていたのだろう。

つまり、コーナーの主眼は遠出の方にあり、わたしが生まれた話はたまたま時期的にそうなっただけということみたいだ。

三月、六月、九月、十二月の年四回の発行で、父の連載のスタートは三月刊の春号。わたしは三月生まれだが、生まれてすぐに書いても春号には間に合わない。それで夏号に掲載となったのだろう。

夏号は連載二回目だが、やはり自分が生まれたときのことが気になって、まずは夏号を開いた。飯田の家の組子障子の話からはじまって、仕事を終えた父は、わたしの名前を考えるために散歩に出る。

そのとき訪れたのも柳田國男館だった。柳田國男館に向かって歩くうち、父は母との出会いのことを思い出す。

――わたしは素晴らしい小説を作るお手伝いをしたいんです。世の中に小説の面白さを広めるために生きていきたい。そう思ってるんです。

冬海にそう言われたとき、驚きで頭が真っ白になった。小説の面白さを広めるために生きていきたい？　そんなことを真っ直ぐに言える冬海という人間に、尊敬の念を感じた。十五も年下なのに、冬海はたしかに志を持ったひとりの人間だ、と認識したのだった。

その部分を読んだとき、昨日柳田國男館で母が言っていたことを思い出した。

——お父さんはもっと生きて、言葉を残したかったんだと思うんだよね。だから、言葉を形にしたいと思っている人を見ると、その願いを叶《かな》える手助けをしたい、って思っちゃう。

母は父と出会ったころと変わってないんだな。いまでも本を作る仕事を愛している。

そのことが伝わってきて、胸が熱くなった。

父はしばらく柳田國男館で過ごしてから、家に向かって歩き出す。娘、つまりわたしがいつ生まれるかわからない状況だったから、そんなにのんびりしてはいられないと思ったのだろう。

帰り道、父は生まれてきた子にどんな人になってもらいたいかを考える。そうして、松川《まつかわ》の川面《かわも》を見ながら、「春の小川」の曲を思い出したのだ。

春の日差しを浴びて、松川の川面が光っている。おさないころに歌った「春の小川」が口をついて出た。春の小川は岸辺の花たちに「咲けよ咲けよ」とささやきかける。花を、世界のうつくしさを愛《め》でながら流れていく。

きっと、こういうふうに生きてもらいたいんだよなあ。花のように愛でられる人ではなく、花々を愛でる心を持った人。

その部分を読んで、はっとした。花のようにうつくしい人になるってことじゃない。花を愛でられる人になってほしい。百花という名前の由来について、前に母も同じようなことを言っていた。

うつくしい人になろうなんて思わなくていい。そんなの受け身の生き方だ。そうじゃなくて、自分が大事にできるなにかと出会い、そのもののために生きられる人になってほしい。自分の足で歩き、なにかのために生きる人になってほしい。

百花。百の花と書いて、ももか。頭にその名前が浮かび、これだ、と思った。

読むうちに、雑誌にならんでいる文字がぼやけた。父の声が耳のなかで響く。

なにかのために生きる人……。

わたしの名前にはそういう願いがこめられている。

父は、わたしが人から大切にされることより、わたし自身がなにかを大切にする人生を歩んでほしいと望んでいた。受け身ではなく、自分の足で歩き、なにかのために生きる。その方がずっと豊かな人生だ。

そりゃ、わたしだって、もっと美人だったらよかったと思ったこともあったけど……。

でも、どう見えるか、じゃない。どう生きるか、だ。

この名前は父からの贈り物だ。父の子どもでよかった、と思った。もう会うことはできないけれど、そう望まれていたことがうれしく、誇らしかった。

ほかの三編のエッセイを読んでみると、旅の話であると同時に、ものづくりの話でもあるのだと気づいた。夏号のエッセイには飯田の水引が登場する。春号には信州《しんしゅう》・飯山《いいやま》の紙漉《かみす》き、秋号には岩手県二戸《にのへ》の漆掻《うるしか》き、冬号には徳島の藍染《あいぞ》めが登場する。飯山には「内山紙《うちやまがみ》」という国指定の伝統的工芸品があるらしい。わたしも前に記念館の引き出しで見たことがある。美濃で製法を身につけた職人が飯山で紙漉きをはじめたらしいが、飯山は雪国で、楮《こうぞ》を雪で漂白するという独特の手法を発達させた。刈り取った楮を釜《かま》で蒸し、皮を剝《は》ぐ。剝いだ皮は黒皮と呼ばれ、これを束ねて吊《つ》るす。黒皮を水に浸《つ》け、夜のあいだ、雪の上に置いて凍らせるのだ。これをくりかえし、表皮を剝がす。その後、雪の上に黒皮をならべて上に雪をかけ、一週間ほど放置する。

雪に晒《さら》すことで白く漂白された皮を白皮と呼ぶ。白皮を藁灰《わらばい》で煮て、水で洗う。その後、叩《たた》いて繊維をばらす打解などを経て、紙漉きの工程にはいる。

父はむかし飯山の地を訪れ、楮を雪に晒す姿を見たらしい。内山の紙は雪のような白さだった、と書いていた。

豪雪地帯である奥信濃《おくしなの》では、江戸時代から農家の冬の副業として紙漉きが栄えた。丈夫な障子紙が地元だけでなく、となりの越後《えちご》でも高値で取り引きされた。

明治期には長野製紙同業組合が設立され、多くの農家で紙漉きがおこなわれたが、戦後は西欧型の暮らしへの変化と洋紙の普及で衰退し、昭和二十四年に組合は解散。数少ない製造者だけが伝統を伝えていた。

――みんな生きるために紙を漉いた。家族総出で楮に冷たい雪をかけ、雪のように白い紙を漉いたのだ。だがいまは、紙を漉く家はほとんどなくなった。

父はエッセイにそう書いていた。

小川町に行ったときのことを思い出した。小川町では、むかしは「ぴっかり千両」という言葉まであったのだ。よく晴れると紙をたくさん干すことができ、儲《もう》かったのだという。

二戸では、父は地元の人に案内してもらって、漆の森を訪れ、漆を掻く作業を見せてもらっている。徳島では蒅《すくも》と呼ばれる、藍の染料のもとを作る工場を訪れていた。

どれも、その話がメインではない。飯田のときと同じように旅にはほかの目的があり、話の本筋はそちらにある。古い知人を訪ねるとか、むかしの思い出をたどるとか。その話のかたわらに少しだけ、その土地のものづくりの話が出てくるのだ。

母は以前、父は伝統的な手仕事に興味を持ち、地方に取材に行くたびにものづくりをする職人の話を熱心に聞いていた、と言っていた。これもそうしたものの一環だったのかもしれない。

そういえば、浜本さんも民藝《みんげい》運動の話をしてたっけ。柳宗悦《やなぎむねよし》を中心にした民藝運動。日本の手仕事を見直し、そこに美を見出《みいだ》す。浜本さんは父の仕事に民藝運動と似たものを感じ、サイン会で父にそのことを聞いたと言っていた。

——それならいっそ吉野先生のほかの本を出すのはどうか、って。

——たとえば、これまで本になっていない原稿とか。

この前電話で話したときの浜本さんの言葉が耳の奥によみがえった。

これまで本になっていない原稿……。

雑誌に目を落とす。

——百花は読んでなかったんだね。あれは雑誌に短期連載したエッセイで、どの本にも収録されてなかったから……。

これこそまさに父の「本になっていない原稿」じゃないか。

小説ではない。でも、小説のような味わいはある。それに、ものづくりへの父の視線がよくわかる。

長さは……。母は原稿用紙二十枚くらいと言っていた。『東京散歩』の一編は原稿用紙十五枚くらいだ。あれももともとは雑誌連載で、レイアウトが決まっていたから文字数がそろっているのだ、と。

『東京散歩』より少し長いが、このエッセイは、道草書房で作ろうとしている小冊子にちょうどいい長さなんじゃないか。

なんだか胸がどきどきしてくる。

このなかの一編を選んで冊子にする。「だれかが懸命に作っていたものを言葉の形にして残したい」という父の思いを叶えることにもなるかもしれない。

どれか一編。

母やわたしが出てくる飯田の回は外すとして、やはりわたしとしては、内山紙を扱った春号にしたい。雪の白さと紙の白さ。そのうつくしさが目に浮かぶようだ。内山紙の回が冊子になるなら、藤崎さんに相談すれば、記念館でも扱えるかもしれない。

でも、浜本さんがどう考えるかはわからない。四編すべて送ってみよう。

まずは母に訊《き》かないと。急いで居間に戻ると、もう叔母《おば》の姿はなかった。

「紫乃叔母さんは？」

「帰ったよ。今日はもう疲れたから、って。わたしたちももう寝ましょ」

「あのね、お母さん、さっきの雑誌のことなんだけど……」

勢いこんで言った。

「この前、道草書房の小冊子の話、したでしょ？　本になってないお父さんの作品はないか、って。あの雑誌のエッセイ、どうだろう」

「あのエッセイ？　たしかに長さは『東京散歩』と似てるね。探してるのが小説だと思ってたから、思いつかなかったけど」

「でも読んだ感じは小説っぽいよ」

『東京散歩』も掌編だけどエッセイっぽい読み心地もあるし、雰囲気は似てるかも……

……」

「どの話にも伝統のものづくりの話が出てくるんだよ。チラッとだけどね」

「そうだったね。お父さんはもともとものづくりに興味があったけど、いろいろ訪ねるようになったのはあのころだったのかも。あのころはわたしは妊娠、出産、育児で仕事は休んでたし、あまりいっしょに行けなかったんだけど」

母が思い出すように言う。

「春号に内山紙っていう、信州の紙が出てくるの。わたしはね、あの話がいいと思ったんだ。紙の話だからね、あの話が冊子になれば、記念館で扱うこともできるかな、って」

「なるほど。そうしたら、浜本さんにコピーを送ってみる？」

「いいの？」

「うん。あのエッセイもすごく好きだったんだ。お父さんはあまりエッセイを書かなかったから、まとめる機会がなくて。だから、形になったらすごくうれしい」

「よかった。じゃあ、コピー取って明日《あした》送ってみる」

わたしが言うと、母も大きくうなずいた。

7

翌日、雑誌をコピーして、浜本さんに送った。午前中にまだ出していなかった人の分だけ年賀状の返事を書き、いっしょにポストに投函《とうかん》した。

四日からは仕事がはじまった。通常業務に加え、三月の紙こもの市に向けての準備もあり、初日に新記念館プロジェクトチームのミーティングが開かれた。

三月の紙こもの市の日、松岡さんは地方出張の仕事がはいっているらしく、現場で売り子に立つのは本宮さん、烏丸さん、そしてわたしと決まった。

これまでの記念館グッズをチェックし、足りないものは補充する。本宮さんの発案で、イベント用の折りたたみ式の什器《じゅうき》の購入も検討することになった。

これまでの商品は大判の和紙と記念館グッズ数種類だけだったので、ブースの机に平置きしていた。だが、それでは置ける商品の数にかぎりがあるし、目立たない。机の上部の空間を生かさないともったいない、と本宮さんは言った。

そういわれてみれば、ほかの人気のあるブースはたいてい机の上に簡易什器が置かれ、ポストカードや栞《しおり》など小さな商品はそこに立てかけられていた。そういう形になっていると、少し離れたところからでも商品に目が行く。

藤崎さんが知り合いの業者に頼んでオリジナルの什器を作ることも提案したが、本宮さんや烏丸さんが、段ボールなど軽量素材の棚はネットで安く買える、と言った。

調べてみるとサイズ展開も多く、工夫すれば既製品でもなんとか対応できそう、という結論になった。商品のディスプレイについては本宮さんとわたしで相談し、必要な什器を購入すると決まった。

烏丸さんは、今回の主力商品の懐紙は、馴染《なじ》みのない人も多いと考え、会場で口頭で説明するだけでなく、使い道をあらかじめネットで紹介したり、ポスターなどにまとめてブースで掲示した方が良いのではないか、と主張した。

それで、松岡さんと烏丸さんが中心となってサイトをリニューアルすることになった。まずは写真やイラストを用いて、懐紙の使い方に関する特設ページを作る。イラストは石井さんにお願いし、写真はプロに撮影を依頼すると決まった。

翌日、浜本さんから返信が来た。エッセイを読み、これを本にしたい、すでに道草書房の社長の了承も得た、と書かれていた。

コピーは送ったものの、新年早々だし、返事が来るのは一月半ば過ぎだろうと思っていたので、意外な展開の速さに驚いた。さらに驚いたことに、返信には、エッセイ四編を全部掲載した本にしたい、とあった。

送っていただいたエッセイ、日本の手仕事が少しずつ紹介されているのもとても良いと思いました。

話が全国にわたっているので、東京限定の『東京散歩』より広い層に受け入れられそうな気もします。

社長とも相談し、せっかく春夏秋冬と四編で一セットになっているのだから、一冊にまとめた方が良いのではないか、という話になりました。

一編につき原稿用紙二十枚程度ですから、合計八十枚。通常の本にくらべれば少ないですが、これだけの分量があればふつうの本として作ることも可能かと思います。

ご検討いただければ幸いです。


あれを全部載せる……。もちろん、全部載せられるならそれに越したことはないのだが、想定外だった。夏の飯田の章には、母やわたしが実名で登場する。どうしたものかと思って相談すると、母も、えっ、と絶句した。

「作家の文章に家族が登場することはあるし、飯田に実家があることくらいで、個人情報が出てるわけでもないし、問題ない気もするけど……」

母も戸惑っているみたいだ。

わたしとしては、あの文章が母とわたしへの父からのプレゼントのような気がして、家族だけのプライベートな話にしておきたい、という気持ちもあった。

浜本さんにその旨を連絡すると、すぐにメールが返ってきた。道草書房の社長を含め、オンラインで相談したいと言う。翌日の夜、道草書房の社長、浜本さん、母、わたしでオンラインミーティングをおこなうことになった。

道草書房の社長も、四編をまとめた本を作りたい、と言う。『東京散歩』全編を活版印刷すれば、できあがった本が高額になり販売に無理がある。だからまずは一編だけの小冊子と考えていたが、この分量なら全部まとめた本を作ることも現実的なのだそうだ。もともと四編で四季をめぐる構成だし、いろいろな土地、いろいろな工芸品が登場するところも生かしたい、という意見だった。

「おふたりにとっては自分たちが登場する話ですし、とくに百花さんにとっては、自分の名前の由来が語られているので、発表するのに戸惑いがあるかもしれません。でも、わたしもひとりの父親として、あの話はいいな、と思ったのです」

道草書房の社長が言った。

「子どもの名前には親の思いがこめられている。それは、単なる夢や憧《あこが》れではなくて、親のそれまでの人生が投影されていると思うんですよ。青年が持つ理想だけじゃない、悩みや挫折《ざせつ》を経て、これだけは伝えたいと思う気持ちと言いますか……」

社長の言葉に、母がじっと画面を見つめた。

「その子が負けてしまうような大層な名前はつけたくない。生きていくのはたいへんなことだけど、これだけは失わないでほしいと思うものを小さな言葉に凝縮して手渡す。名前ってそういうものだと思うんです。あの文章を読んだとき、自分が子どもの名前をつけたときの気持ちがよみがえってきて……。とても共感しました」

社長が言った。

「自分は子どもがいないので、名前をつける側の気持ちをわかるとは言えません。でも、親がなぜ自分にこの名前をつけたのか、大人になってから、なるほど、と思ったときがあったんですよね。子どものころは平凡な名前だと思ってたんですけどね」

浜本さんが笑った。

「いろんな思いがあっても、たいていの人間はそれを言葉で説明することができないんですよ。でも、作家の言葉がそれを言い当ててくれるときがあるんですね。そういう言葉を多くの人に広めたい。このエッセイもまさにそうだったんです。あの四編を載せたいというだけじゃなくて、わたしとしてはあの話を載せたいんです」

社長が言った。

「わかりました。百花も、いいよね」

母がわたしを見た。

わたしもゆっくりうなずいた。四編掲載、と話がまとまり、どういう形にするかはまず道草書房で案を練ることになった。

一月半ばには石井さんから懐紙用のイラストの清書が送られてきて、早速製作がはじまった。懐紙入れの方は藤崎さんが手配済みだ。

試作品ができあがってくると、藤崎さんから箸袋《はしぶくろ》にしたり、ポチ袋にしたり、敷紙として使ったりする場合の洒落《しゃれ》た折り方を教わった。折り方の動画や、作った箸袋やポチ袋の写真も掲載し、SNSにも写真や動画を流した。

反響もまずまずだった。和菓子だけでなく洋風の焼き菓子の下に敷いたり、簡単な手紙のようにして使ったり、という使用例にはたくさんの反応があった。

藤崎さんが手配した懐紙入れの仕上がりも素晴らしかった。黒漆も柿渋もシンプルで落ち着いた雰囲気だ。それに、紙製だから驚くほど軽い。懐紙を納めた写真も好評で、別のものを入れるのにも使えそう、というコメントもついていた。

久しぶりのリアルイベントなので、主催者側も来場者数が読めないみたいだった。納品数もどうすればいいか、よくわからない。でも、足りなくなるよりは余った方がいいんじゃないですか、という烏丸さんの言葉で、多めに搬入することになった。

前回までは、イベントの準備も藤崎さんとふたり。最初のうちは藤崎さんがイベントにあまり関心がなく、値札やポップもわたしひとりで考えなければならず、辛《つら》かった。でも今回は、本宮さんと烏丸さんもいるので、すごく心強い。

ポスターやポップはほとんど烏丸さんが作ってくれた。本宮さんは藤崎のロゴを入れた黒エプロンを三人分作ってくれて、松岡さんは、ここはなんだかいつも楽しそうですね、と笑っていた。

紙こもの市は土日の二日間。搬入は前日までに済ませ、当日は朝早く家を出た。会場に着くと、本宮さんも烏丸さんももう着いていて、無言で設営作業を進めている。

あわてて作業にはいり、まずは今回導入した簡易什器《じゅうき》を組み立て、設置した。できあがった棚に懐紙やほかの記念館グッズをならべていく。段ボールではあるが、商品を置くと見栄えがした。

机にならべ切れない分は、机の下の段ボール箱にアイテムごとに整理して収納する。ここがごちゃごちゃになっていると、商品が足りなくなったときの補充がスムーズにできない。開場までは時間との戦いだ。

ポスタースタンドにポスターを取りつけ、ポップを設置して準備完了。イベント開始の五分前だった。設営完了の写真をSNSに流す。三人でおそろいのエプロンをつけてブースのなかにならび、イベント開始を待った。

開始のアナウンスがあり、入口からお客さんが流れこんできた。

なつかしい……。

その光景を思わずぼうっとながめてしまった。感染症対策で、コロナ前のような大混雑にはならないように、今回はチケットが時間で区切られ、入場制限もある。人々の流れも心なしかおだやかだ。

でも、ようやく帰ってきた、と思った。歩いていたお客さんがブースの前で足を止める。自分のスマホとポスターを見くらべ、うなずきながら机に近づいてくる。棚の懐紙をひとつひとつ手に取り、吟味している。

うわあ、緊張する……。

買ってくれるんだろうか。久しぶりの状況にどきどきして、身体が固まっていた。

「そちらは、懐紙です」

横から本宮さんの声がした。お客さんがうなずいて、本宮さんの顔を見た。

「はい、SNSで見ました。写真がとても素敵で……」

「ほんとですか」

本宮さんの声が弾んでいる。

「文字を書くこともできるんですよね」

「ええ、書けます。ちょっとしたお手紙にもなりますし。ただ、インクは種類によってにじむことがありますので、ボールペンや鉛筆の方が安心です。試し書きもできますよ」

本宮さんがそう言って、段ボール棚の前の試し書きスペースを示す。

「いちおう、万年筆やボールペンも用意してますが、ご自分の使っている筆記用具で試すこともできますので……」

本宮さんがそう言うと、お客さんはバッグから自分のペンを取り出し、試し書き用の懐紙にぐるぐると線を書きはじめた。すべての紙で試すと、棚から懐紙を全種類取り出した。それから、となりの棚の懐紙入れのサンプルを手に取った。

「黒は漆、茶色は柿渋になります。柿渋はいまは淡い色ですが、使っているうちに濃くなります。どちらもある程度の防水性はありますよ」

　本宮さんがそう言うと、お客さんはかなり迷ってから、黒漆の方を棚に戻した。

「すみません、これ、買います」

　懐紙全種類と柿渋のケースをまとめて本宮さんに差し出す。

「ありがとうございます」

　本宮さんが深く頭をさげ、商品を袋に入れる。わたしは代金を受け取り、タブレットのレジに商品を打ちこんだ。本宮さんがお釣りと商品を渡す。

「懐紙ははじめてなんですが、使ってみます。サイト、いつも見てます。記念館が閉館して、グッズ販売もなくなっちゃうのかと思っていたので、再開してうれしいです」

「ありがとうございます」

　お客さんの言葉に、本宮さんがにっこり微笑む。

「商品はこれからも増やしていく予定ですので……。またよろしくお願いします」

　わたしがそう言うと、お客さんがうれしそうにうなずいた。

　お客さんを見送ってから、ほかにも何人かお客さんが来ていることに気づいた。棚の前に立って、懐紙や記念館グッズをじっと見ている。烏丸さんが声がけして、商品の説明をはじめた。


　午後になると来場者が増えてきて、紙屋ふじさきのブースもお客さんが切れることがなかった。本宮さんも烏丸さんもフル稼働だ。これはほかのブースをまわる余裕はないな、と思ったが、お客さんが多いのはいいことだ。

「百花」

商品を補充するためにかがんで机の下の箱を見ていたとき、上から声がした。見あげると、莉子がいた。

「莉子！　久しぶり」

電話やメッセージではしょっちゅう話しているが、実際に会うのは二年ぶりだ。画面ではわからなかったが、莉子は少し痩《や》せて、社会人らしい顔つきになっていた。

「お久しぶりです」

莉子のうしろに、石井さん、乾くん、松下さんがいた。

「うわ、石井さんたちも！」

みんなこの三月で大学を卒業し、四月からは社会人だ。服装も髪型も少し変わって、大人っぽくなっていた。

「石井さんが商品をデザインしたって聞いて、見にきたんですよ」

乾くんが言った。

「そうそう。この懐紙、全部石井さんのデザインなんだよ」

「素敵ですね。お茶の席には白いのしか使えないから『雪』が良さそうだけど、ほかのも全部ほしくなりました」

松下さんが言った。

「もうみんな春から社会人なんだよね」

「そうなんですよ。大学生らしいこと、できたようなできなかったような。でも、小冊子研究会は楽しかったですよ。あれがなかったらなにも残らなかった」

乾くんが笑った。

「三年も来てるんですよ。稲川《いながわ》はインターンで来られなかったけど、中条《なかじょう》、二宮《にのみや》、鈴原《すずはら》、根本《ねもと》、みんな来てます。先に天野《あまの》さんのいる三日月堂のブースに行くって」

三日月堂のブースは入口に近い活版印刷コーナーだ。今朝は設営で忙しくて声をかける暇もなかったけれど、あとであいさつに行かないと。

「みんな紙こもの市はじめてだからね。鈴原さんなんて、入場前から目がきらきらしちゃって、すごかったよ」

莉子の言葉に、松下さんが深くうなずいた。

「そうか、みんな元気そうでよかった」

「紙こもの市も再開できてよかったよね。ブース数が少なくて、場内いつもみたいな混雑じゃないけど、どこもにぎわってるよ。なんだかなつかしくなった」

そういえばバイトだったころは、莉子に何度も売り子の手伝いを頼んだんだった。写真も撮ってくれたし、あのころは莉子なしではやっていけなかった。

「吉野さんのお友だちですか？」

ほかのお客さんの対応が終わった本宮さんが訊《き》いてきた。

「そう。彼女は大学の同期で、前はよくふじさきのブースを手伝ってくれてて……。あと、こちらが石井さんです。懐紙のデザインをしてくれた」

「あ、ああ！　石井さん！　本宮です」

本宮さんが石井さんを見て頭をさげた。これまでオンライン会議だけだったので、気がつかなかったらしい。

「どうも、いつもお世話になってます」

石井さんもぺこっとお辞儀した。

「じゃあ、百花、忙しいみたいだから、これだけ買って、ほかまわるね。また今度、落ち着いたらお茶しよう」

莉子が黒漆の懐紙入れと「春の小川」の懐紙を差し出す。乾くん、松下さんもそれぞれ買い物をして、ブースの前を去っていった。

そのうしろ姿を見ながら、やっぱりこうして人が集まるのはいいことだと思った。もちろんまだ状況が完全に落ち着いたわけじゃない。それでも少しずつ、世界は動いている。わたしたちが生きているかぎり、止まってしまうことなんてない。

できる範囲でいい。記念館のオープンに向けて、わたしたちも進んでいこうと思った。

第三話　あたらしい場所

1

藤崎産業に入社して、一年半が経った。

父の『東京散歩』については、もとの版元から母のところに連絡があった。各所で評判になっていることを受け、あらたな表紙で文庫として刊行することになったらしい。母も承諾し、十二月はじめの刊行予定で作業が進行することになった。

この話を受けて、道草書房が刊行する父のエッセイ本も年末の刊行を目指すことになった。本文の方は文選、組版、印刷と順調に進んでいた。表紙も活版印刷で、文字とワンポイントだけで構成するシンプルなものと決まった。

エッセイは「遠い風景」というコーナーに連載していたものだが、父の四回分に通してつけられたタイトルはない。それで道草書房の社長と浜本さん、母で相談し、『手仕事をめぐる旅』というタイトルをつけた。

藤崎さんと相談したところ、内山紙や水引も登場し、紙に関係のある本ということで、記念館とのコラボで特装版を作り、新記念館で販売することになった。本文は通常版と同じだが、特装版は上製本とし、表紙と見返しに内山紙を使うことになった。

藤崎さんが内山紙の産地の職人と相談し、表紙の紙は、他編に登場する藍《あい》を使った染めを施すことになった。内山紙の白さを際立たせるため、上半分だけを青く染め、雪原と青空を表現し、見返しは白いままの内山紙を使う。

特装版は保護のためのスリーブにおさめることになり、藤崎さんの意向でさらに上位の夫婦箱《めおとばこ》に入れた豪華版も作る。箱の表面に漆を塗り、わたしが大学のゼミで笹山先生に送ったアルバムの技法を生かし、水引を一本埋めこむ。

これで、エッセイに登場する技法がすべて本におさめられることになる。紙のさまざまな可能性を盛りこんだ豪華版は限定三十部。箱作りは箱職人の上野さんにお願いする。こちらは記念館のみの限定販売である。

藤崎さんは、ここまでやるなら本文も和紙に印刷して、和綴《わと》じにすればよかった、と言っていた。道草書房の社長に「そんな仕様にしたら買い手がつかないですよ」と言われてあきらめたようだが、あとで「僕なら絶対買うのになあ」とぼやいていた。


十月半ば、藤崎さんといっしょに川越にある紙の店、「紙結び」と「笠原紙店」にあいさつに行くことになった。

紙結びは小仙波町《こせんばまち》の日枝《ひえ》神社裏の一角にある。数年前にオープンした世界の手漉《てす》きの紙を扱う店だ。大手ＩＴ企業に勤めていた神部さんという人が作った。

薫子さんの旧姓は神部で、神部さんは薫子さんの遠縁なのだそうだ。小川町の出身で、自分の家がむかしは製紙にかかわっていたと知った神部さんは、会社勤めのころから休暇のたびに海外の紙の産地をめぐって自分のブログで紹介していた。

そのブログが評判になり、自分の店を持つことになったのだ。単に紙や紙雑貨を売るだけでなく、めずらしい紙の展示をしたりワークショップを開催したりして、世界の紙文化を紹介するスペースにする構想だった。

笠原紙店の方は、大正浪漫夢通りの近くにある老舗《しにせ》紙店。いまは笠原方介《ほうすけ》さん、宗介《そうすけ》さんという親子が営んでいる。三日月堂とも付き合いがあり、三日月堂でアルバイトしている天野さんによれば、宗介さんはわたしたちの大学の先輩で、文学部の木谷《きたに》ゼミの出身らしい。

大学を卒業してIT企業に就職し、そこでほかの部署の先輩である神部さんと出会った。自分が紙店の生まれであることを話したところ神部さんに気に入られ、神部さんがあたらしくはじめる店の話を聞いた。

宗介さんはもともと笠原紙店を継ぐ気はなく、方介さんもいったんは店を閉じたが、宗介さんが会社を辞めて家業に戻り、神部さんの紙結びと連携しながら紙雑貨を中心とした店に生まれ変わることになったのだという。

しかし、その後すぐに世界はコロナ禍に突入。川越のほかの施設と協力してオンラインイベントを企画したり、オンラインショップを立ちあげたり、という工夫をしながら、営業を続けてきたということだった。

新記念館の件は、薫子さんがあらかじめ神部さんに話を通してくれていた。二店とも川越に紙に関する店が増えれば観光客にもアピールできるという考えで、記念館オープンの際にはぜひ合同でなにかしたい、と言ってくれていた。


朝いちばんに藤崎さんと会社を出て、川越に向かう。まず新記念館の建物を訪れ、工事の進み具合を見た。店蔵の一階二階は以前訪れたときより店らしい形になっていて、心が躍った。

お昼を食べたあと笠原紙店へ。大正浪漫夢通りの近くで、記念館からも歩いて数分である。店頭に色あざやかな千代紙や型染め紙の雑貨がならび、店の真ん中には大判の千代紙や型染め紙を収める棚があった。

文具やポチ袋、封筒などの実用品のほか、張り子の創作だるまや紙人形、おもちゃ、和紙を使った大小さまざまな貼り箱などもならび、海外からの観光客も楽しめるにぎやかな品揃えだった。

「わたしは、この店は地元の人に紙を売る店だとずっと思っていたんですよ。息子が紙雑貨を扱いたいと主張して、だいぶ揉《も》めた。でも、いまはそれでよかったと思ってます。ネットショップというのもまずまずうまくいっているみたいで」

店内を見まわしながら店主の方介さんが言った。

「いいお店ですね。棚にある紙もすばらしい。祖母も各地をめぐって紙を集めてましたからね。この棚を見たら、同志がいたと感動すると思います」

藤崎さんが言った。

「ありがとうございます。わたしも日本橋の記念館には何度も行きましたよ。記念館の棚にあった紙はお祖母《ばあ》さまが集められたものなんですよね。あれはほんとうにすごい。川越にあの棚がやってくるのかと思うと、いまから楽しみです」

「記念館の内容については、いまこちらの吉野さんを中心に若いメンバーでいろいろ相談しているんです。紙の製品を扱うだけでなく、製品を作る相談もできればと考えています。それで、いまも生産されていて、使うことができる紙を前面に出して、製造されていない紙は別に展示しようと思っています」

「ああ、なるほど、そうですよね。ここにある紙のなかにも、いまはもう作られていないものがたくさんあります。残したいですけどね。こればっかりは仕方がない」

方介さんがため息をつく。

「結局、使う人がいないと作ることができないですからね。記念館は和紙の活用をうながすような場にできれば、と思ってます。そのためにはいまの時代に合った提案をしていかないといけない。建材も扱おうと思ってるんです。障子紙や襖紙《ふすまがみ》だけではなく、壁紙という形にすれば、使える場所も増えるかな、と」

「なるほど、そうですね。障子や襖のある家が減っても、使い道はありますよね」

方介さんがうなずいた。

それから宗介さんといっしょに紙結びに向かった。

日枝神社の裏手は住宅街で、お店はほとんどない。紙結びも昭和期の個人住宅を改修した建物で、外からは古い一戸建ての家のようにしか見えない。だが、門の前に小さなスタンド看板が出ていた。

建物は築七十年を超えているようだが、白い漆喰《しっくい》の壁に青い屋根で、日本建築というよりは洋館のような雰囲気だった。木々の茂る庭の奥に洋風の飾りが彫られた玄関の扉があった。中にはいるとやはり日本の家で、靴を脱ぐようになっていた。

両側に部屋がふたつ。左手は洋間。宗介さんによると客間だった部屋だそうで、暖炉があった。ヨーロッパのアンティーク調の棚には、ヨーロッパで仕入れてきたらしいカードがならべられている。

壁沿いにはうつくしい柄のはいった包装紙が何種類もかけられ、真ん中のこれまたアンティーク調の机には、万年筆や、インク、シーリングスタンプなど、高級そうな文具がならぶ。うつくしさに頭がくらくらした。

めちゃくちゃ素敵だ……。和紙とはまた別の、洋風のうつくしさ。何時間でも見ていることができそうな空間、いや、むしろここに住みたい。わたしのお給料では手が出ないものばかりなので、単に見てうっとりしているだけの迷惑な客なのだが。

部屋をあちこち見ていると、宗介さんが男の人を連れてきて、藤崎さんを呼んだ。

「ようこそお越しくださいました。神部です」

男の人がよく通る声で言った。体格も良く、頼れる雰囲気。世代は少し上だが、文字箱の綿貫さんと通じるところがある気がした。

「藤崎です。よろしくお願いします」

藤崎さんが名刺を差し出す。

「吉野です。よろしくお願いします」

わたしも藤崎さんにならって名刺を差し出し、お辞儀をした。

神部さんは名刺を受け取ると、こちらこそよろしくお願いします、と言って、不思議な質感の名刺を差し出した。文字はなんと手書き。いわゆる達筆とはちがうが、洒落《しゃれ》た筆跡なので、むしろすごく素敵だ。

「これは……ロクタ紙ですか」

藤崎さんが紙を見つめて言った。

「そうです。よくご存じですね」

神部さんがうれしそうに笑った。

ロクタ紙というのはヒマラヤの山間部で作られている手漉きの紙らしい。標高二千メートルから四千メートルくらいの高所に自生するロクタという植物を原料としている。日本で紙の原料として使う三椏《みつまた》と同じジンチョウゲ科の植物で、成長が早く、繊維が長いのだそうだ。作り方も手漉き和紙と似ているところがある。樹皮を乾燥させてから水につけ、煮る。塵《ちり》を取って叩解《こうかい》し、型を使って漉《す》く。その型ごと日光で干す。

原料そのままの色の紙から、色で染めたもの、草花や木片、紙片、布などを漉きこんだもの、柄を入れたもの、蠟纈《ろうけつ》染め手法を使った蠟引き紙など、種類もさまざま。歴史もとても古く、千年以上前からヒンズー教や仏教の経典にも使われていたらしい。

「ほんとは印刷できればいいんですが、表面に凹凸があるので、細かい文字がきれいに刷れないんですよ。それで結局手書きにしてます」

「世界の紙を扱っていらっしゃると聞いていましたが、種類が豊富ですばらしいです」

藤崎さんが言った。

「ありがとうございます。こちらの部屋は和室になっていて、ロクタ紙のようなアジアの紙をまとめています」

神部さんのあとについて、玄関の右手の部屋にはいった。そちらは雰囲気ががらっと変わって畳敷きの和室。

見ているとほっと気持ちがなごみ、落ち着いた。お店というより、だれかが住んでいた古い家そのもの。手をかけて建て、その後も大事に手入れされてきた家なんだろう。

座卓にはハードカバーのノートやレターセット、カードのような文具がならんでいる。ノートの表紙は草花がはいった紙、柄のはいった紙、蠟引きの紙など色とりどりで、神部さんによるとすべてロクタ紙やタイの手漉き紙なのだそうだ。

「きれいですね。日本の紙とは別種のはなやかさもある」

藤崎さんが文具をじっと見つめる。

「ええ。わたしが最初に夢中になったのもこのロクタ紙だったんです。産地にも行きましたよ。それで世界じゅうの紙の産地をめぐるようになって……。気づいたら店を出すところまで来ていた」

神部さんが笑った。

「こんな薄いものなんですけどね。紙は人の夢そのものという気がしてならないんです。人が思い描いたものを形にしてくれるもの、っていうんでしょうか。切り紙の飾りなんかもね、言ってみればハリボテなんだけど、ハリボテでいいと思うんです。夢に形を持たせることができるっていうのがすごいことだと思うから」

淡々とした口調だが、この人も相当な紙好きだとわかった。

「日本橋の記念館は、わたしも行ったことがあります。薫子さんが自分の遠縁だと聞いたこともありましたから。今回、薫子さん直々に連絡をもらって驚きました。これもなにかの縁だと思いますし、今後協力しあっていけたらうれしいです」

「ありがとうございます。笠原紙店も含め、扱うものが少しずつちがうようですし、お客さまに三店めぐってもらえたらいいですね」

「そういえば、紙結びがオープンしたときには、同じころにオープンしたほかの施設とスタンプラリーをしたんですよね」

宗介さんが言った。

「スタンプラリー？」

「ちょうど同じ時期に、この近くの『昭和の暮らし記念館』と、菓子屋横丁《かしやよこちょう》にある『月光荘《げっこうそう》』っていうイベントスペースがオープンして。三施設共同の企画だったんです」

神部さんが説明する。

「昭和の暮らし記念館は、昭和期の建物をそのまま使っていて。家具や電化製品も展示したりして、昭和の庶民の暮らしが体感できるようになってるんです」

はじめて聞く名前だ。考えたら、川越の街をゆっくり見てまわったのは、大学時代に遠足で来たときくらいだ。それ以後は新記念館の建物に行くか、岡本さんの工房や三日月堂など目的地が決まっていて、観光施設には縁がなかった。

「月光荘はもっと古い、戦後すぐに建てられた木造建築で、なかなか味わいがある建物ですよ。イベントスペースとしてオープンしたんですが、コロナ禍でイベントの開催がむずかしくなっちゃったでしょう？　それで、講演や座談会を月光荘で撮影してオンラインで配信するようにしたんですよ。紙結びのイベントも配信してました」

神部さんが言った。

「まあ、人が集まっちゃいけないのはわかるんですけど、そのなかでもみんな生きていかなくちゃならないですからね。苦肉の策です」

宗介さんが笑った。

「最近はようやく人数制限ありで少しずつリアルイベントもできるようになってきましたが。ちなみに月光荘も木谷ゼミと関わりがあるんですよ。木谷ゼミの卒業生がイベントスペースを管理してるんです」

「そういえば、三日月堂でバイトしている天野さんから聞いたような……。ちょっと変わった雰囲気の人で、仙人《せんにん》というあだ名がついているって」

わたしは言った。天野さんからそう聞いて、仙人ってどんな感じなんだろう、おじいさんっぽい人なんだろうか、と想像した記憶があった。

「仙人！」

宗介さんが吹き出す。

「そうそう、彼、後輩たちからそんなふうに呼ばれてたみたいですね」

宗介さんと神部さんが顔を見合わせ、くすくす笑った。

「いや、仙人という言葉から想像されるような人じゃないですよ。好青年です」

神部さんが大真面目な顔で言った。

「そういえば、なんかこのあたりはうちの大学関係の人が多いんですよ。菓子屋横丁の近くの、高澤橋《たかざわ》を渡った先にある『浮草《うきくさ》』っていう古書店も卒業生がやってて……。そっちは立花《たちばな》ゼミの卒業生ですけど」

宗介さんが言った。

「あ、知ってます。安西《あんざい》さんですよね。浮草には前に行きました」

小冊子研究会の遠足で川越に行ったとき、三日月堂の帰りに浮草に寄ったのだ。

立花ゼミはマスコミなどメディア関係を扱っている人気のゼミだ。莉子や乾くん、石井さんなど小冊子研究会のメンバーもみんな立花ゼミだった。

立花ゼミでは三年生のとき、三、四人のグループに分かれて雑誌を作り、実際の店舗で販売して販売部数を競うという課題がある。安西さんたちのグループの作った「街の木の地図」というイラストマップは活版印刷で刷られていて、その素晴らしさがゼミで語り伝えられている。

「浮草はもともと立花先生の知り合いの店だったんですよ。安西さんの年は川越がテーマで、浮草は雑誌の販売会場になったんです。でもそのあと、当時の店主が亡くなって……。アルバイトをしていた安西さんたちがあとを引き継ぐことになったんです。三日月堂とも連携してるんですよ。店の一部に手動の活版印刷を置いてワークショップに使ったりして」

宗介さんに言われ、そういえば三日月堂でバイトしている天野さんからもそんな話を聞いたな、と思い出した。

以前は三日月堂の一階でワークショップなどもしていたのだが、大型の印刷機が増えて手狭になり、ワークショップなどはすべて浮草でおこなうようになったらしい。

「そのあたりはみんな仲が良くて、いろいろ協力しあってる感じですね。記念館さんともなにかできるといいと思ってるんですが」

神部さんが言った。

「そうですね、オープンするまでにはまだ少し時間がかかりそうなんですが、開館時にはぜひ共同のイベントをお願いしたいです」

藤崎さんが答える。

「わかりました。そちらは開館の時期が見えたらゆっくり相談しましょう」

神部さんはにっこり笑ってうなずいた。

2

十月末、記念館の建物の補強と改修はほぼ終わり、内装工事がはじまった。

店蔵の一階はショップスペース、二階は建材のショールーム＋イベントスペース。イベントスペースはワークショップをおこなうほか、一週間単位で各種展示用のギャラリーとして貸し出す。

奥の蔵の使い道も決定した。はじめは紙漉き関係の道具や社長の家に代々伝わる帳面や古い資料などを展示する場所にする予定だったが、蔵の半分を紙漉きワークショップのスペースにすることになったのだ。

もともとはワークショップはすべて店蔵の二階でおこなうつもりで、紙漉《かみす》きをするとしても、大きめのバットに水を入れ、小さい簀《す》桁《けた》を使っておこなう小規模なものを想定していた。だが、それでは和紙の大きな特徴である流し漉きができない。

紙は、材料となる繊維を水に溶かし、簀の上に入れ、水分を落として繊維を平らに固めることによってできあがる。これが溜《た》め漉きであり、古来、中国をはじめアジア諸国ではこの手法で紙が作られていた。

日本にもはじめはこの手法が伝わり、平安《へいあん》時代以前の紙はこの方法で漉かれていたと考えられている。しかし、奈良《なら》時代末期から平安時代初期にかけて、日本では流し漉きという手法が開発され、一般化していった。

紙の原料となる繊維を水に溶かすのは溜め漉きと同じだが、流し漉きではここにトロロアオイの根、ノリウツギの皮などから抽出された植物性の粘液を加え、じゅうぶんに攪拌《かくはん》する。これによって液体に粘《く》りが生まれる。

このとろみのある液体を簀で汲みあげ、すばやく表面に行き渡らせ、繊維の薄い膜を作る。その後、水を払う。さらに液体を汲みあげ、簀をすばやく前後左右に振り、繊維を均一に広げたところで水を払う。この汲みあげ、揺らし、払う動作を数回続け、最後に水を払ったあとに簀から紙を外し、乾燥させる。

これが日本独特の手法、流し漉きである。何度も簀を揺らすことで液体に溶けた繊維同士が絡み合い、薄く、丈夫な紙を作ることができる。いまでも賞状用紙など一部溜め漉きで作られるものもあるが、和紙の主流は流し漉きだ。

だが漉き方はむずかしく、習熟が必要だ。わたしも美濃で一日体験を受けたが、丸一日紙を漉いても、結局納得のいくものはできなかった。

ややわの繊維が溶けた水を簀に汲んで揺する。簀が完全に水平で、揺するスピードが適切でないと均一に広がらない。時間がかかると厚みが出てしまう。素早く、水平に、なめらかに揺すって、手首のスナップを使ってさっと水を捨てる。

紙の厚みには厳しい基準があり、職人はほやほやの状態で完成した紙の厚みを見極めなければならない。むかしはひとりで一日数百枚の紙を漉いていたというが、とても信じられなかった。

記念館で紙漉きワークショップをおこなうなら、やはりこの流し漉きを体験してもらいたい。これは藤崎さんだけでなく、わたしも感じていたことだった。溜め漉きでも紙作りの原理はわかる。だが、簀を揺らす、水を払うといった動作をすることではじめて、薄くて丈夫な和紙がどのようにして作られるのかが伝わるのだ。

しかし、液体のなかで簀を揺らす作業をするためには、ある程度広さと深さのある水槽が必要だ。当然なかにはいる液体の量も多くなる。周囲に水もこぼれるので、店蔵二階の和室でおこなうことはできない。

それでいろいろ考えた結果、蔵の入口側半分を使うことになった。展示スペースより床を一段下げ、床の排水が可能な形にし、展示スペースとのあいだに透明な仕切りを入れる。展示物を汚れから守り、外からも紙漉きの様子を見えるようにするためだ。

紙漉きに使う水槽は「漉き舟」と呼ばれる。紙を漉くための簀をはさむ木の枠を

「桁」といい、簀と合わせて「簀桁」という。前の記念館にもむかし使われていた舟や簀桁が展示されていたが、そちらはもう実用に耐えられないので、ワークショップ用にあたらしく作ることになった。

本美濃紙や細川紙など伝統的工芸品を作る際は、道具も伝統にのっとった形にする必要があるそうで、漉き舟もむかしながらの材質にし、液体の攪拌には「馬鍬《まぐわ》」と呼ばれる木を櫛《くし》状にしたものを使わなければならない。

だが記念館のワークショップではそこまで厳密にする必要はない。簀桁は小さなサイズにして、漉き舟はまわりは木で作り、耐久性を考えてステンレスを内張りすることになった。

蔵はもともと二階建てだったが、手前側は吹き抜けとし、奥に中二階を作った。手前側は来館者が体験できる紙漉きスペース、奥側から中二階を展示スペースとし、中二階から紙漉きの様子を見おろすことができる。

問題は、この紙漉きワークショップをどのようにおこなうかである。だれかが紙漉きの指導をしなければならない。藤崎さんはもちろん紙漉きもマスターしていて、教えることに問題がないのだが、館の責任者なのでずっと体験ブースにいるわけにはいかない。

「前にも話したけど、だから吉野さんにもどこかのタイミングで紙漉きの研修に行ってもらいたいと思ってるんだよ」

「わたしが、研修に……？」

そういえば、入社する前もそんな話が出ていた。

「研修って言っても、紙漉きの指導は、一朝一夕には無理なんじゃないでしょうか……。前に美濃で一日体験を受けたとき、むずかしさに打ちのめされたんですが……」

おそるおそるそう訊《き》いた。

「それはそうだよね」

藤崎さんが笑った。

「流し漉きとなればなかなかむずかしいし、舟や道具の管理もあるから、知り合いの職人さんに手伝いに来てもらうことにした」

「知り合いの職人さん……？」

「小川町の和紙体験学習センターで教えている人でね。田島《たじま》さんって言って、もうだいぶお年だけど、腕もいいし、教えることにも慣れている。それから、和紙体験学習センターで研修を受けた千野《ちの》さんという三十代の女性。二年間の講習を受けていて、ひととおりのことはできる」

「よかった……」

ほっと胸をなでおろした。

「ただ、ふたりとも毎日というわけにはいかない。とりあえず土日は来てくれることになったが、田島さんは平日何日か和紙体験学習センターに出るし、千野さんの方も勤めがあるから毎日は来られない。どちらかには来てもらうように調整して、どうにもならない日は僕がはいる」

「え、それは……。藤崎さんはほかにお仕事がありますし……」

あわててそう言った。

「そうだろう？　だから吉野さんにも紙漉きをマスターしてもらいたいんだ。田島さんも千野さんも突然お休みすることがあるかもしれないし」

「たしかにそうですね」

「記念館がオープンしてすぐに紙漉き体験に人が殺到するなんてことはないと思う。最初のうちは週末だけじゃないかと。でも夏休みにはいったら増えるかもしれない」

その通りだと思った。子どもたちの自由研究もあるし、夏休みになれば平日もあまり変わりなくなる。コロナ禍があければ人出が戻ってくるだろうし、交替要員は必要だ。

「舟はひとつしかないし、交替で紙漉きをすることになるから、一回にせいぜい五、六人。最初に講師が紙漉きの方法を説明して、手本を示す。全員一度でうまくいくわけがないし、二、三度やり直しをするって考えると……」

「漉きあがったものを絞って乾燥させるまで、一グループ一時間は必要ですね」

「となると、十時にスタートして十八時までと考えて、一日八枠。平日は人数が少ないと考えて十一時スタートにしてもいいかもしれない」

「時間で区切った予約システムを使った方がよさそうですね」

「参加者が多い日はできれば指導員をふたり入れたい。というわけで、吉野さんにはどこかでもう少し長い研修を受けてきてもらおうと思ってる。それで、指導員がひとりの日に補佐としてはいってもらう。空いた時間に練習して、ゆくゆくはひとりで紙漉きの指導ができるようになってもらいたいんだ」

「わかりました」

そういうことならなんとかなるような気がした。それに、これはもしかして、仕事という名目で紙漉きの練習し放題、ってことなんじゃないか？　だとしたらめちゃくちゃラッキーでは？　ゆくゆくは自分の紙づくりもできるかも……。

「吉野さんのことだから、自由に紙漉きができるかも、なんて思ってるかもしれないが」

藤崎さんに言われてぎくっとした。見抜かれてる……。

「いえ、そんなことは……」

あわてて両手を振った。

「紙漉《かみす》きは材料費もけっこうかかるからね。もちろん少しくらい紙を漉いてもいいですよ。材料費を自分で持ってくれれば」

藤崎さんがわたしをじっと見る。

「はい、もちろんです……」

「冗談だよ。新商品を開発してくれるかもしれないし、ワークショップの新プログラムも考えてくれるかもしれないいし。それはそれで期待してますよ」

藤崎さんが笑った。

ミーティングで本宮さんが提案した中庭でのカフェ営業は、飲食店を営業するとなるとまた別の設備や手続きが必要となるため、残念ながら当面は見送りとなった。ただ、蔵と店蔵のあいだの庇《ひさし》のあるスペースにいくつかベンチを設置することにした。

商品開発に関する相談も少しずつ進んでいた。三月に東京で開催された紙こもの市の懐紙の売り上げはまずまずだった。八月にも東京でふたたび紙こもの市が開かれ、懐紙とともに同じデザインでポチ袋を販売したところ、セットで買っていく人もいて、売り上げはさらに伸びた。

十二月には倉敷《くらしき》、一月には名古屋とその後も地方都市での紙こもの市の開催が発表され、紙屋ふじさきも毎回出店することになった。そのたびにレターセット、ポストカードなど、アイテムを少しずつ増やしていく。

使用する柄は懐紙と同じだが、ものによって柄の配置が異なるため、その都度石井さんと相談して形を決めた。

また、モリノインクのインクとのコラボ商品の話も再起動することになった。

以前、記念館の閉館セレモニーでモリノインクのカラーインク＋ガラスペンをセットにした記念品を関係者に配る計画を立てていたが、セレモニー自体が開催できなくなったため、立ち消えになってしまった。それを記念館オープンの際に新商品として発売することになったのだ。

藤崎さんといっしょにモリノインクに出かけ、関谷さんと打ち合わせをすることになった。久しぶりに会った関谷さんは、なんとグレーヘアになっていた。

聞けば、そもそもほとんどが白髪で、以前はときどき染めていたのだが、コロナ禍で勤務がほぼ完全にリモート環境になったとき、人に会わないいまのうちに自然な状態にしてしまおう、と決意したらしい。

「いつかは自然な色にしようと思ってたんですけどねえ。でもカラーは一度はじめるとどうしても段差が気になっちゃって。でも、長いこと人と会わないし、これはチャンスだと思って。最近ようやく染めていた部分がすべてなくなったんですよ」

関谷さんはにこにこ笑いながら言った。関谷さんの大学時代からの友だちで今回のガラスペンを作った野上《のがみ》さんは山梨の山間部に移住し、そちらに工房を設けたらしい。

「野上さんはもともとガラス工芸作家でしょう、都心に住んでる必要はないんですよ。前から自然の多い場所に移りたい、って思ってたみたいで。最寄駅まで車で二十分、しかもその駅が無人駅っていう、けっこうな田舎みたいなんですけどね」

「え、不便じゃないんですか?」

「わたしもそう思ったんですが、そうでもないみたいですよ。車を使えば街道沿いに大きなスーパーやホームセンターもあるらしいし、ちょっと変わったものはネットで買えばいいから、実質都心に住んでるころと変わらない、って」

そういうものなのか……。まあ、野上さんは都会派っていう感じじゃなかったし、繁華街のような場所は苦手そうだったから、それでもいいのか。

「あそこは奥さんも染織をしてたり、大きな犬が二頭いたりで、引っ越してすごくよかった、って。家も庭も広いし、そもそも奥さんの知り合いに誘われたって話で、あたりに手仕事系の人たちがけっこういるんだそうです。近くの観光施設に手仕事系のマーケットを出す計画があって、野上さんも店を出すみたいで」

「お店を？　素敵ですね」

「そうなんですよ。ワークショップと物販の両方ができるようなスペースを考えてるんだそうです。そういう意味では、今回の記念館の方向といっしょですね。わたしもモリノインクを退職したら、オリジナルインクのショップでも出そうかな」

「それはいいですね」

関谷さんは話上手だし、自分の店を持つのはすごく向いている気がした。

「山梨もいいですけど、川越も魅力的ですよね。観光客も多いし、記念館もあるし。今度視察に行ってみようかな」

関谷さんが天井を見あげる。

「それでええと、今日は例のセットのことでしたよね」

関谷さんが思い出したように言った。

「はい。前回の閉館セレモニーの記念品として考えていたセットを販売品にする、ということで考えているんですが」

藤崎さんが答えた。

「メールでもお伝えしましたが、新記念館オープンにあたり、ベーシックラインという商品を考えていまして」

「ええ、企画書を拝読しました。人を選ばないベーシックなデザインの実用品ということでしたよね。童謡シリーズを踏襲しているけれど、デザインはあたらしく、こちらのシンプルなものになった」

資料として持ってきた懐紙やポチ袋を見ながら関谷さんが言った。

「以前インクのパッケージで使った型染めも気に入っていたのですが」

「まあ、でも、懐紙は型染めってわけにいきませんからね。それに、派手な柄がはいっているとカジュアルになってしまいますし。人やシーンを選ばないデザインということだと、やはり無地に近い単色のものの方がいいんじゃないですか」

「ええ、そうなんです」

藤崎さんがうなずいた。

「そうしたら、記念館で発売するカラーインクもまずは『春の小川』『雪』『花火』『海』の四種類にして、パッケージのデザインもこっちの懐紙のシリーズに合わせたものにした方が良さそうですねえ。ライン全体での統一感もありますし」

「そこはとりあえず前の型染めのパッケージのままでもいいかな、と思ってたんですが」

「いや、型染めのパッケージも、ものによっては在庫が少なくなってきてまして。早晩、増産しないといけないと思ってたんですよ。だから、こちらのデザインに刷新したものを作ろうと思います。それで、記念館にはあたらしいデザインのものを入れて、モリノインクの方も前の在庫がなくなったら入れ替えていくという感じで」

「ありがとうございます」

「それと、記念館グッズとして販売するなら、ガラスペンとインクだけじゃなくて、記念館らしいグッズをセットに加えた方がいいんじゃないでしょうか。いまの状態だと記念館が関わっているのはパッケージだけですから」

関谷さんが言った。

「たしかにそうですね」

「まあ、具体的になににするかについては、吉野さんのアイディアが頼りですが」

関谷さんがにやっと笑ってわたしを見た。

「え、わたしですか？」

「そうですよ」

うなずいて、にこにこ笑う。

「セットにするなら、やっぱりこう、すべてが箱にきれいにおさまった方がいいですよねえ。インクもね、セットには大瓶じゃなくて小瓶にして、四色全部入れるとか。そこに紙屋ふじさきの紙雑貨をプラスする」

「なにがいいでしょうか。ペンとインクとセットにするんだから、書くことにまつわるものがいいですよね」

藤崎さんが首をひねった。

「野上さんが、ガラスペンにはペン置きをつけた方がいいって言ってたんですよ。ガラスペンが転がっていかないようにペン置きは必須《ひっす》だからって。ガラスペンの横にペン置きとインクの小瓶を縦にならべて入れると、ある程度幅も出ますよね」

関谷さんが手元の紙に図を書きながら説明する。

「でも、この横にさらに紙雑貨をならべるとなると、箱が大きくなりすぎる気もして。吉野さん、どう思いますか」

関谷さんがわたしを見た。

「そうですね、あんまり箱が大きいと、かわいくない気が……」

「かわいい？」

関谷さんが目を見開く。

「わたしはどうもその『かわいい』っていうのがむかしからよくわからなくて。うちの会社の紙もの好きの女子社員たちもよく言うんですよ、これはかわいい、とか、かわいくないとか。どうもその勘どころが……。藤崎さん、わかります？」

「いや、僕も正直、よくわからないです」

藤崎さんも苦笑いした。そういえば、藤崎さんは「きれい」とか「うつくしい」という言葉は使うが、「かわいい」は使わない気がする。

「野上さんは『わかる』って言うんですよ。いまの時代、ものづくりをするのに『かわいい』がわからないとやってけないよ。って鼻で笑われました。ほんとにわかってるのかな、ってちょっと思いましたけどね」

関谷さんがふんっと鼻を鳴らした。

「かわいいっていうのは、なんでしょうね。『きれい』とか『うつくしい』とかとはたしかにちょっとちがいますよね。これまでの記念館グッズはわりと『かわいい』より『きれい』『うつくしい』に近い感じだったと思うんですが……」

うまく答えられず、言葉を濁す。

「いや、わたしだって、犬や猫やハムスターがかわいいっていうのはわかるんですよ。でもそういうんじゃないものに対しても使うでしょ、『かわいい』って。『エモい』も正直よくわからないままだし、もうオジサンだから仕方ないんでしょうかね」

関谷さんがぼやく。

「『エモい』は古語の『あはれ』といっしょなんじゃないですか？」

前に石井さんがそんなことを言っていたな、と思い出してそう言った。

「『あはれ』と？　なるほど。少しわかった気がする」

関谷さんが目を輝かせる。そういう関谷さんをちょっと「かわいい」と思ってしまったが、どう説明したらいいのかよくわからない。

「そういうことでいうと、『かわいい』は『いとし』と関係あるのかもですね」

『いとし』……」

関谷さんが首をかしげる。「エモい」については石井さんが言っていたことなのでなにか根拠があるのかもしれないが、「かわいい」についてはわたしがいま勝手に思いついたことなので、よくわからない。

「でも、『かわいい』は小さくて弱いものに対する感情ですけど、『愛《いと》しい』はちがいますもんね。うーん、でも『かわいい』は大きなものに対しても使うかなあ。カバとか」

考えれば考えるほどよくわからない。

「カバ？　カバはかわいいんですか？」

関谷さんがまたわからないという表情になる。

「えーと、それはまた今度考えるとして。箱の話に戻しますが、箱をこう二段重ねにしてですね、紙小物は下の箱に収納するのはどうでしょうか」

わたしはそう言って、関谷さんの図に下の箱を書き足した。

「厚みのある細長い箱になるってことですね。でも、それのどこがかわいいんですか？」

関谷さんが首をひねる。

「うまく説明できないんですが、小さいけど手のこんだ造りは『かわいい』と言われることが多い気がします。それで、関谷さんが書いたこの箱の幅に収まるようなサイズとなると、ちょっと細めの一筆箋《いっぴっせん》とかでしょうか」

「一筆箋！　なるほど。ベーシックラインにまだ一筆箋はなかったね」

藤崎さんはそう言って、図を見おろした。

「これだとふつうの一筆箋より幅が狭い形になるけど、悪くない気がする。同じ一筆箋を単品でも販売して、セットのものを使い切ったらそちらで補充してもらえばいいし」

「前の記念館の物販コーナーでも、一筆箋はよく売れたんです。便箋サイズだとなにを書いたらいいかわからなくなってしまう人でも、一筆箋ならひとことふたこと用件を書くだけでいいから気楽だし、資料に一筆添えるとか、使える場面も多いみたいで」

「かわいいかどうかはわからないですが、一筆箋はいいですね。わたしもよく使います。長い文を書くのは苦手で。そのセットも、それだけあれば簡単なお手紙が書けるようになってて、便利そうですね。もしかして、そういう収まりの良さも『かわいさ』に通じるんですかね」

関谷さんはわかったようなわからないような、という顔になった。

それぞれの童謡に合わせて箱も四種類、ガラスペンとペン置きも四種類作り、カラーインクはその童謡のテーマカラー一色だけを入れるという案も出たが、そうなるとかなりコストがかかる。それで結局、箱とガラスペンは一種類、インクを四色入れ、一筆箋も四種類を数枚ずつ束ねて入れる形に決まった。

ガラスペン＋カラーインクの小瓶四色＋一筆箋の特製箱入りセットを中心に、ガラスペン、カラーインク（大瓶）、一筆箋、一筆箋用の封筒をそれぞれ単品でも買えるようにする。箱をどうするかはプロジェクトメンバーと相談することになった。

3

父のエッセイ集『手仕事をめぐる旅』は、文選や組版、印刷などの工程が道草書房のサイトで公開され、そこにアップされた動画が話題を呼んだ。『東京散歩』の復刊と合わせて関心を寄せてくれた記者もいて、新聞の文化欄にも取りあげてもらった。

わたしは新記念館準備のため、週に一度は川越に行くようになった。店舗や展示室に先駆け、店蔵の二階の一角の事務所スペースを整え、紙結びや笠原紙店、三日月堂など川越の商店とのミーティングもおこなっている。

三日月堂も、コロナ禍にはいってからは名刺やチラシなどの印刷の仕事がなくなってたいへんだったようだが、こういう機会に、ということで前から話のあった本の仕事を進めていたらしい。『手仕事をめぐる旅』の仕事もそのひとつだった。

最近では名刺やチラシなどの仕事も以前の状態に戻りつつあり、天野さんを中心に進めているオリジナルグッズの製作も紙こもの市の復活でかなり忙しくなってきていると言っていた。

「本の仕事の方も、最初は手探りでしたが、この二年間があったおかげで、なんとか作業の進め方がわかってきたんですよ。小型のあたらしい機械も導入することになりましたし、端物の印刷と両立していくやり方が見えてきました」

三日月堂の弓子さんはそう言って微笑んだ。しゃべり方はしずかなのに熱気を感じる。こともなげに言うが、考えたら本一冊分の活字を拾って組んで印刷するなんて、時間も手間もめちゃくちゃかかるじゃないか。

何週間も何ヶ月もかかるような大きな仕事をしながら、日々の細かい仕事をこなす。作業スケジュールの管理も相当むずかしいだろう。それでもこんなおだやかな話し方なのだから、すごい人だな、と思う。

紙結び、笠原紙店、記念館、三日月堂で、開館記念のフェアの内容も決めた。紙の店と印刷所がおこなうのだから、単なるスタンプラリーよりなにか作った方がいいだろう、という話になり、カード、名刺など案が出たが、価格を考えて栞《しおり》と決まった。

紙結び、笠原紙店、記念館それぞれで栞用の細長い紙を用意する。共通のサイズを決め、各店舗、店にある紙を数種類その大きさに切っておく。紙結びは海外の手漉《てす》き紙、笠原紙店は千代紙や型染め紙など柄のある紙、記念館は落水紙や透かし和紙など紙自体に特徴のあるもの。

それぞれの店舗の位置とサイトのアドレスを印刷した袋を作っておき、お客さんは最初の店でそれを受け取る。その後店舗をめぐり、三店舗から三枚ずつ好きな紙を選んで取ってもらう。三枚同じものでも良いし、別のものを三枚でもＯＫ。

記念館の開館の日取りはまだ確定していないが、土曜日オープンになるだろうということで、フェアは開館日から次の週末までとした。紙が九枚そろったら、三日月堂と提携している浮草へ。選んで持ってきた栞に自分で活版印刷をする。

浮草に常時置いてある活字は、九ポイントという大きさのひらがな、カタカナ、アルファベット、数字のみ。文字はここから選んでもらう。文選や組版には時間がかかるので、印刷する文字列はひとり一種類のみ、となった。


十一月のはじめ、藤崎さんのところに文字箱の綿貫さんから連絡があった。来年の二月末から三月はじめにかけて、日本橋のいくつかの商店で協力して地域イベント「日本橋ひなまつり」を開催することになったらしい。

文字箱の近くのエリアにある店舗やイベントスペースなど分散した会場をマップでつなぐ方式で、テーマは春。参加する飲食店では特別メニューを出したり、服飾系の店ではノベルティを配ったりするフェアが二週間続く。

その間、日替わりで各種イベントが開催される。土日は文字箱の裏の路地に雑貨や文具、手作り品、アンティーク小物などの屋台がならぶそうで、文字箱も出店するのだという。

さらに、文字箱がはいっているビルのなかのレンタルスペースを使ったプログラムも企画されている。プログラムは時間で区切られていて、文字箱は綿貫さんの知人の劇団員による絵本の読み聞かせをおこなうことにしたらしい。

まだいくつか空いている枠があり、前の記念館でさまざまなワークショップをおこなっていたのを思い出し、記念館もなにかしないか、と誘ってくれたのだ。

屋内なので天候に関係なく開催が可能。机や椅子は必要なら出せるが完全にしまってフラットな空間として使うこともできる。水道がないなどいくつか制限はあるが、自由度の高い会場だということだった。

紙屋藤崎は日本橋創業。記念館も長く日本橋にあったわけで、日本橋のイベントに出られるのは願ってもないことだった。また、二月から三月となれば新記念館のオープンも近づき、告知のチャンスでもある。

まずは内容を練るため、綿貫さんと一度打ち合わせをすることになった。


翌々日、藤崎さんとわたしのほか、大学時代に書店でアルバイトをして、イベントを担当したこともあるという本宮さんといっしょに文字箱を訪ねた。

「雰囲気のあるお店ですね」

文字箱にはいるなり、本宮さんはそう言って店内を見渡した。

「建物もレトロで素敵でしょう？　綿貫さん、会社勤めだったころから前をよく通っていて、ずっと気になってたそうなんです。書店をはじめようと思って場所を探してたときにこの物件が出て、即借りることにしたって言ってました」

「運命の物件ってことですか。あれ、古本も扱ってるんですね」

店頭に近い古本の棚を見て、本宮さんが目を丸くした。

「新刊も古本も両方扱うことにしているみたいですよ」

綿貫さんはわたしの父のファンだったそうで、古本の棚にはいつも欠かさず父の本を置き、おすすめのポップを立ててくれている。記念館のおつかいではじめてこの店に来たとき、父の本がならんでいるのを見てどきどきしたことを思い出した。

「こういうお店もあるんですね。わたしがバイトしてたのは駅ビルにはいっているチェーンの書店でしたから。でも、最近はこういう個人書店が流行《はや》ってるみたいですよね」

本宮さんはしげしげと本棚を見渡した。

綿貫さんはもともと藤崎さんの大学時代のゼミの先輩だ。藤崎さんは、まあ、予想のつくことではあるのだが、大学時代はまわりから付き合いにくいと思われていたようで、友人と言える人もあまりいなかった。しかし綿貫さんは、指導教授も自分も藤崎さんのことを評価していたし、人間として好きだった、と言っていた。

綿貫さんは、文字箱をはじめてすぐに記念館にあいさつに来た。そこで記念館と文字箱でコラボグッズを作る話が出て、父の小説を掲載した物語ペーパーが生まれたのだ。

「あ、綿貫さん」

藤崎さんの声がして、見ると店の奥から綿貫さんが出てきたところだった。

「わざわざ来てくれてありがとう。新記念館準備で忙しいところなのに」

綿貫さんが朗々とした声で言う。川越で神部さんと会ったとき綿貫さんと似ていると思ったが、やっぱりどこか似ている。大きな木みたいに、信じられる、頼れる雰囲気。

「こちらは本宮さん。藤崎産業の第二営業部の新人で、いまは新記念館のプロジェクトチームも兼務してくれています」

藤崎さんが本宮さんを指して言った。

「本宮です。よろしくお願いします」

本宮さんが名刺を差し出し、お辞儀をした。

「綿貫です。よろしくお願いします」

綿貫さんも名刺を出した。

「イベントの概要はだいたい伝わってますよね」

綿貫さんがわたしたちを見まわした。

「はい、企画書には目を通しました」

わたしは答えた。

「そしたら、とりあえず会場の見学に行こうか」

「そうですね。会場の写真は見ましたが、現地に行った方がイメージが浮かぶでしょうし」

藤崎さんがうなずいた。

綿貫さんとともにビルの周辺を歩き、屋台を出す場所や参加を表明しているお店をいくつか教えてもらった。参加店舗はかなり広範囲にわたっていて、規模の大きなイベントだということがよくわかった。

ワークショップの会場は、文字箱のはいっているビルの二階。かつては店舗がはいっていたが、コロナ禍で出てしまい、その後はビルの店舗に入居している人たち用のフリースペースとして活用されているらしい。

通路側はオープンになっていて、かなり広い。イベントをする場合は六十〜七十名収容できる大きさだと聞いた。

「イベントを運営するメンバーにこれまで記念館でやっていたワークショップのことは伝えてみたんだ。水引や折形の話もしてみたんだけど、今回は大人向けより、子どもOKの方がいいっていう話になって。小さい子どもでも楽しめるものにしたいみたいで」

綿貫さんが言った。

「小さい子ども……?」

藤崎さんがきょとんとした。

「たしかにひなまつりと水引結びや折形作りは相性はいいですが、どちらかというと親御さん向けというか……。小さい子どもが楽しむにはちょっと地味というか、渋すぎますよね」

わたしは言った。

「そうなんだよね。学校の教室でだったら取り組むかもしれないけど、こういうイベントとなると、あまりお勉強色が強くても、という意見もあって」

綿貫さんの言葉に、藤崎さんが首をひねった。

「僕は子どものころから好きでしたよ。切り紙も水引も折形も、うまくできるとうれしいし、一度はじめるとやめられなくて、一日じゅう遊んでましたが」

「一日じゅう？」

本宮さんが怪訝《けげん》な顔になる。

「いや、それは藤崎さんが紙オタ……いえ、紙好きだからで、なかなかそういう子どもはいないんじゃないでしょうか」

即座にそう答えたが、わたしも小さいころ、父といっしょに飽きずにずっとノート作りをしていた気もする。いや、でもあれは、ふだん忙しい父がめずらしくいっしょに遊んでくれたからで、あれが毎日続いたら飽きたはず。

「子どもはいったん集中するとどこまでも突き進むけど、慣れた場所じゃないとね。はじめてきた場所で、まわりには知らない人がたくさんいる。そこでいきなり水引を渡されても楽しめないと思うんだ」

さすが綿貫さん、ナイス説明！　藤崎さんとの話し方に慣れている。

「なるほど、それはたしかにあるかもしれないですね。でも、じゃあ、なにがあるんだろう、子どもイベントって……」

藤崎さんが首をひねる。

記念館のこれまでのワークショップのことを思い出してみた。水引、蠟引《ろうび》き、折形、活版印刷のカード作り、紋切り、ノート作り……。

　参加者のなかに小学生がいたこともあったし、参加した子たちは集中して作業していたけれど、小学校高学年以上がほとんど。みんな自分の興味で参加していて、もともとこうした活動に関心があるタイプなんだろう。

「今回のイベントの対象年齢はいくつくらいなんでしょうか」

　本宮さんが綿貫さんに訊《き》いた。

「対象年齢？」

　綿貫さんが訊き返す。

「わたしは学生時代、書店でアルバイトをしていたことがあるんです。店内でイベントを開催したこともあって、そういうときはたいてい対象年齢を定めてました。何歳以上、とか、何歳から何歳まで、とか。それによって企画が変わるかな、と思うんですが」

　本宮さんが言った。

「参加する側もそれがないと困るよね。文字箱の読み聞かせについては本の選定から井《い》上《うえ》さんにまかせていて、就学前の子ども向けの本にするって聞いてたけど……。ふじさきのイベントにもそれは必要だね」

　綿貫さんがうなずいた。

「そうですね。ものづくりの場合は、年齢によってできることとできないことがだいぶ変わってきますから。小さい子向けのイベントではひとりでハサミを使うのも危険かもしれませんし」

「なるほど」

「わたしも何度か読み聞かせをしたことがあるんですけど、未就学児にはそもそも話を聞いてもらうこと自体むずかしいんですよね。テクニックがいるんですよ。保育士さんとか幼稚園の先生みたいな専門家でないと全然相手にしてもらえない」

本宮さんが笑った。

「でも未就学児NGっていうのはちょっときびしいね。こういうイベントだと小さい子を連れている親御さんの参加が多いし、きょうだいがいて、上は小学生だけど下は未就学児って場合もあるし。両方OKの方が参加しやすいかな」

綿貫さんが答えた。

「未就学児の場合は保護者の付き添いが必要という条件にすれば、全年齢OKにしてもよいとは思います。ただ、小さい子でも興味を持つ内容にしないといけないですね。あと、こういうイベントの場合、全員一度に集まってもらって、説明してから作業っていうより、参加者が随時やってくる感じですよね」

「説明が簡単なものじゃないとダメってことですか」

わたしは訊いた。

「そうなりますよね。説明が簡単で、小さい子でも取り組めて、小学生にとっても楽しめるもの……」

本宮さんがうーん、とうなった。

「むずかしいですよねえ。年齢だけじゃなくて、男子と女子でもけっこう興味関心がちがうような気がしますし……」

年齢性別問わずみんなが好むものってなんなんだろう？　しかも紙で作れないといけないわけで……。

「しつこいようですが、僕は幼稚園のときに折形も作れたし、水引も結べました。紋切りも、手本にあるものはすべて作ってましたし……。でもたしかにそれはあまり普通のことではなかったかもしれない。そんなことができたのは、いや、そもそもそんなことに夢中になっていたのは親戚《しんせき》のなかで僕だけだった気がする」

藤崎さんの言葉で、そういえば、浩介さんとのいざこざも子どものころのやりとりからはじまったんだった、と思い出した。

藤崎さんは子どものころすでに薫子さんの持っている和紙の産地や名称をすべて覚えていて、前社長や薫子さんに気に入られていた。藤崎さんとしては善意のつもりで和紙の見分けがつかない浩介さんに「和紙のことを教えてやろうか」と持ちかけ、プライドを傷つけられた浩介さんはそれ以来藤崎さんのことを嫌っているらしい。

父親は話術巧みで社交的な晃成さん。母親は声楽家のめぐみさん。華やかな両親に育てられ、藤崎さんは自分も優秀な子どもだったのに、そう思っていなかったみたいだ。

藤崎さんがまわりとあまりうまくいかないのは、その認識のズレのせいもあると薫子さんは言っていた。

「僕は世間の標準から少しずれているようですし、これは一度持ち帰って、プロジェクトチームのメンバーにもアイディアを出してもらった方がいいかもしれません」

藤崎さんがそう言うと、綿貫さんが目を伏せた。うつむいて少し微笑んでいるのがわかる。藤崎さんが「僕は世間の標準から少しずれている」と認識したことに驚いているのかもしれない。

「そうだね。告知のスタートもたぶん年明けになるだろうから、企画内容を決めるのはもう少し先でかまわないよ。こういうことは複数の人間で話し合った方がいい案が出るものだし。本宮さんも優秀だし、ゆっくり相談して決めてください」

綿貫さんにそう言われ、みんなで、わかりました、とうなずいた。

4

「というわけで、日本橋のイベントでなにをするか、ここで相談することになったんですが」

プロジェクトチームのミーティングの席で本宮さんが言った。この件については子ども向けイベントにくわしい本宮さんにまとめ役になってもらうことになったのだ。

「子ども向けで、紙でなにかを作る感じですよね」

烏丸さんが訊いた。

「そうですね、対象を『三歳以上小学生まで』にして、親といっしょならそれ以下の子どもも入場できる、中学生以上もきょうだいといっしょなら参加可能、ってことにしようと思ってるんです。それがいちばん間口が広いと思うので」

本宮さんが説明する。

「三歳以上か……。三歳ってなにができるんだろう？　弟はいるけど、ずいぶんむかしだからなんも覚えてないなあ」

「未就学児の場合は、付き添いの保護者に作業をサポートしてもらうので、完全にひとりでできなくてもOKなんですが」

本宮さんが答える。

「けど、少なくとも、子ども自身が作ってみたい、って思えるものってことだよね」

烏丸さんが腕組みした。

「となると、これまで記念館のワークショップでおこなっていた紋切りや水引結びみたいな伝統的な手仕事系は向かないですね。それだと指導者から教えてもらう、という感じになってしまいますから」

松岡さんが指摘する。

「はい。それは向かないだろうと思います。でも、記念館がやるからには、なにかしら和紙にまつわるものの方がいい。そこで迷ってしまって……」

「ありきたりだけど、絵を描くとかは？」

　烏丸さんが提案する。

「記念館ならではの変わった紙がたくさんあるじゃないですか。和紙にお絵描きすることなんてあんまりないでしょう？」

「たしかにめずらしい体験だとは思いますが、描き心地はどうなんでしょう？　子どもにとっては単に描きにくい紙かもしれないですよ」

「それは事前に確かめて、描き心地のいい紙に絞るとか……。ああ、でも、結局描きやすいのは普通の画用紙だったりするよなあ。それ用に作られてるわけだし」

　烏丸さんがうーん、とうなった。

「それに、子どもたちにとってもあまり新鮮味がないんじゃないでしょうか。絵を描くだけなら、家や幼稚園、保育園でもやってることですし」

　松岡さんが言った。

「もうちょっと特殊なことの方がいいんですかね。紙漉《かみす》き……はちょっと無理として、吉野さんが前に言っていた墨流しとか……」

　烏丸さんがわたしを見た。

「墨流しですか。墨流しには水が必要ですよ。それは紙漉きでも同じですが」

「室内には水道がないっていう話でしたね。水を汲《く》むためには廊下に出てトイレまで行くしかないみたいです」

本宮さんが資料を確認する。

「水は毎回交換する必要はないと思いますが、水がこぼれたときとか、最後の水の始末をどうするかという問題も……」

岡本さんのところで墨流しをしたときのことを思い出しながら言った。岡本さんの工房は蔵のなかにあり、水がこぼれても大丈夫なように床はコンクリートで、排水もできるような造りになっていた。

「水はけっこう重いしなあ」

烏丸さんが頭を掻《か》く。

「作業としても、ちょっとむずかしいかもしれないです。墨流し作家の岡本さんは子ども相手のワークショップを何度かしたことがあると言ってましたし、小学校高学年になれば楽しめる子もいると思います。でも、低学年や未就学児となるとちょっと……」

「そうですねえ」

「じゃあ、こういうのはどうですか。絵を描くんじゃなくて、いろいろな紙をちぎったり貼ったりして、なにか作る」

松岡さんが言った。

「ああ、なるほど。記念館の和紙を使えばふだんとはちがう感じも出るし」

「でも、なにを作りますか」

本宮さんが訊《き》いた。

「ぱっと思いつかないですけど、カードとかでしょうか」

松岡さんが考えながら答える。

「ひなまつりにからめるっていうやり方もありますけど、それだと女の子向けっぽくなっちゃいますよねえ」

烏丸さんが首をひねった。

「可能だとは思いますが、会場はけっこう広かったですし、相手が子どもだと考えると、もう少し大掛かりなことの方が興味を引く気はしますね」

本宮さんが天井を見あげる。

「大掛かりって？」

「みんなで大きなものを作るとか……」

「たしかに子どもはちまちましたものを作るより、大きなものを作る方が盛りあがるかもですね。持ち帰りが問題ですが」

会場の部屋は小学校の教室よりは広かった。片側は建物内の通路に向かってオープンな状態。その反対は腰高窓。棚などはなく、左右はほぼ全面壁面だ。左右の壁もけっこう大きかったな。あの壁面を使ってなにかできないだろうか。

ふと頭のなかに、以前母と見た保育園のお遊戯会の衣装のことがよみがえった。不織布やビニールで作られたものだったけど、子どものころはそのドレスを着るだけで心が躍った。みんなが鏡を見て、きゃあきゃあ騒いだのをよく覚えている。

子どもだったわたしにとって、あれは本物のドレスだった。お遊戯会の舞台には先生たちが段ボール箱と紙で作った大道具がならび、小道具もみんなで紙で作った。

紙にはそんな力もあるんだ。紋切りや折形、水引結びを練習して上手《うま》くなるのも楽しい。蠟引《ろうび》きできれいなものを作るのも楽しい。でも子どもたちなら、もっと自由に夢を大きくふくらませるようなものの方が楽しいだろう。

あの壁を飾りつけるのはどうだろう。みんなで紙を使って自由に形を作って、それを貼りつけるとか。

「本宮さん、あの部屋、通路側と窓側じゃない両側は全部壁面でしたよね？」

本宮さんにそう訊いた。

「ええ、壁面ですよ。たしか写真があったはず……」

本宮さんがスマホをスクロールして会場の写真を出す。

「はいって右側は完全になにもない壁面ですね。左は小さな棚がありますが……」

画面に映し出された写真を見た。

「この壁面、けっこう広いじゃないですか。紙を使ってこの壁面に飾りをつける、っていうのはどうでしょう？」

わたしはそう提案した。

「飾りって？」

烏丸さんが訊いてくる。

「壁にそのまま ものを貼りつけちゃうのはまずいかもしれないので、壁にあらかじめなにか貼っておく前提ですが……。ベースになるものを描いておいて、参加した子たちに飾りをつけてもらうんです。イベントのテーマが春ですから、たとえば木を描いておいて、そこに花を咲かせたり、鳥や虫をとまらせたり、動物がのぼってたり……」

「へえ、それは楽しそうですね」

烏丸さんが目をかがやかせた。

「『これを作る』と決めずに、好きなものを作ればいいわけですよね。作り方も自由。小さい子どもは小さい子なりに、大きい子は凝ったものを作ることもできる」

松岡さんもうなずく。

「『木』っていうのはたとえばの話で、もっと自由でもいいと思うんです。左右に壁があるから、片方を『海の世界』、もう片方を『陸の世界』にするとか」

思いついて、そうつけ足した。

「おもしろそう。『空』とか『土の中』とかでもいいかもですね」

本宮さんが言った。

「『宇宙』もいいんじゃないですか。そしたら背景の絵は必要なくて、片側の壁を水色に、もう片方の壁を紺色にするだけでもいいかも……」

「たしかに。背景はない方がかえって自由に発想できるかもしれません。描くとしても、波とか小さな星程度で……」

「いずれにしても、壁面に大きな紙を貼りつける必要がありますよね。子どもの手の届く範囲だけでいいから上の方は必要ないとして、床から二メートルくらい、隅から隅まで紙を貼って固定する必要があります。画鋲《がびょう》みたいなものはNGだろうし、壁の材質によってはガムテープとかも使えないでしょう？」

松岡さんが訊いてくる。

「それはあとで確認してみます。でも、養生テープくらいは使えると思いますし、なにかしら方法があると思うので、とりあえずその方向で話を進めませんか」

本宮さんがみんなを見まわすと、松岡さんも烏丸さんもうなずいた。

「壁面に貼る方の紙はあとで考えるとして、飾りつけの材料には心当たりがあるんです」

わたしは言った。

「実は、前の記念館の物置には和紙の余り紙がたくさんあったんです。余り紙っていってもわりと大きなものもあるので、なにかに使えるかも、と思って捨てられなくて。記念館を引き払ったとき、本社の倉庫にまとめて運んだんですよ」

「なるほど、廃材ですか。それなら材料費はかかりませんし、いいかもしれません」

松岡さんがすぐにそう言った。

「え、そんなものがあったんですか。それ自体に興味ありますね」

烏丸さんが身をのりだした。

「どれくらいの大きさのものがあるか、バリエーションはあるのか、分量的に足りるかどうか……。そのあたりを知りたいです」

本宮さんが言った。

「そしたら、いまから見に行ってみますか？　倉庫にあるので、藤崎さんに鍵《かぎ》を借りれば見られると思いますけど」

今日は会議も外出もなかったはずだから、藤崎さんは広報部にいるはず……。

「行きましょう」

烏丸さんが立ちあがった。


広報部に行くと、藤崎さんは自分の机でパソコンに向かっていた。

「え、和紙で自由に工作して、壁面に貼りつける？」

わたしが企画の趣旨を説明すると、藤崎さんがぽかんとした顔になった。

「いえ、壁に直接なにかを貼るわけにはいかないので、事前に壁に紙を貼るとか、綿貫さんに壁面の使用に関するルールを確認してからですね……」

「いや、それだったら大判の紙貼りのパネルを使うとか、いくらでもやりようはあるし、それ自体はかまわないんだけど……。ずいぶんとまた大胆な案を考えたなあ、って」

藤崎さんは天井を見あげた。

「でも、いいのかもしれない。綿貫さんが言ってた『もっと楽しめる感じ』っていうのはそういうことなのかもしれない、ってようやくわかったよ」

そう言われて、ほっとした。

「いま言った紙貼りのパネルってなんですか?」

「展示の説明なんかに使うパネルがあるだろう? それに紙を貼った大判のやつがあるんだよ。それを壁にならべて固定すればいいんじゃないかな」

たしかに、模造紙だとたわみやすいし、剝《は》がれたり、破れたりするかもしれない。

「白いのならB1サイズまであった気がする」

「それを使えたら便利だと思います。あと、工作の材料については、引っ越しのとき記念館の倉庫にあった余り紙をこっちに持ってきたじゃないですか。あの余り紙を使えばいいかな、と思いまして」

「なるほど。まあ、余り紙に執着してたのは吉野さんだし、吉野さんが使っていいと思うなら、いいんじゃないかな」

紙オタクの藤崎さんにそんなことを言われるのは心外だと思ったが、たしかに余り紙を持って行こうと主張したのはわたしである。わたし自身、あそこの余り紙を持ち帰り、家で紙雑貨をいろいろ試作していた。

「ミーティングで、とりあえずその余り紙を見に行きたいってことになったんです。それで、倉庫の鍵を貸してもらえたら、と思って」

「え、いま? いいよ。鍵をとってくる」

藤崎さんはちょっと驚いたような顔で立ちあがった。

藤崎さんから鍵を借りて、みんなで倉庫に向かった。

「あそこです」

「へえ、けっこうあるんですね」

烏丸さんが積みあげられた箱を見あげた。

「その箱の全部が余り紙ってわけじゃないんですけど。余り紙の箱には『余り紙』っていう紙が貼ってあります。三箱くらいはあったかと」

そう言って、箱の山のなかを探す。

「これ、余り紙って書いてありますよ」

本宮さんの声がして、見ると余り紙と書かれた箱が三つ重なっていた。

「とりあえず開けてみましょうか」

松岡さんがそう言っていちばん上の箱を下におろす。蓋《ふた》をあけると、なかからなつかしい型染めの紙が出てきた。

「あ、これは、モリノインクのインクのパッケージに使った紙ですね」

烏丸さんが言った。

「へえ、かわいい。余り紙って言っても、けっこう大きいんですね」

本宮さんが紙を手に取る。細長く半端な形にはなっているが、面積的にはそこそこある。

「うわ、これも渋くてかっこいい。今回の懐紙のケースと同じですね」

烏丸さんが柿渋紙を取り出した。

「すごっ、これきらきらですね。金箔《きんぱく》？　こっちは細かい浮き出し……」

本宮さんが紙を宙にかざす。紙の絵本の特装版で使った金唐革紙《きんからかわし》や、落水紙、透かし和紙など次々に変わった和紙が出てきた。

「やばい。宝の山だ……」

烏丸さんが魅入られたような表情になった。

「こっちの箱には水引もはいってますよ。これも使っていいんでしょうか」

本宮さんが訊《き》いてきた。

「ええ、それも長さが半端になっちゃったものなんで、大丈夫です」

わたしは答えた。

「これ、やばくないですか？　落水紙とかめちゃやばい。えー、箔が貼ってある紙もある。やばい、うわー、この揉《も》み紙もやばい。なんで？　俺がめちゃ欲しいです」

「烏丸さん、語彙《ごい》力が崩壊してますよ。やばいしか言ってない」

本宮さんが笑った。

「余り紙とはいえ、貴重な紙も含まれているみたいですが。これを一度に使ってしまっていいものなんでしょうか」

松岡さんは冷静だ。

「まあ、所詮《しょせん》は余り紙ですし、使ってこそ紙ですから……」

ちょっと惜しい気はしたが、そう答えた。

「わたしも以前藤崎さんに、余り紙セットをイベントで販売したらどうか、って提案したことがあるんですよ。この大きさがあればいろいろ作れますし。でも、余り紙を安く売るというのはよくないらしいんです。そうすると、正規品の価値がさがってしまうし、産地にも失礼だから、って」

「なるほど……」

「でも、紙が好きすぎて結局捨てられないんですよね」

そうだ、余り紙を本社に持っていこうと主張したのはわたしだが、そもそも倉庫いっぱいに余り紙をストックしていたのは藤崎さんだ。わたしが使いたいというとなんだかうれしそうにしていた気がする。

「紙が好きすぎる……？」

本宮さんの顔にクエスチョンマークが浮かんだ。

「あの、吉野さん。この前打ち合わせに行ったときもちょっと思ったんですけど……。館長ってちょっと紙オタクっぽくないですか？」

本宮さんの質問に、烏丸さんも松岡さんも固まった。

「あ、いえ、それは……」

烏丸さんが口ごもる。

「みんな思ってるけど、言っちゃいけないやつじゃないですか」

松岡さんにそう指摘され、本宮さんは少し目を丸く見開いた。

「あ、そういうこと？」

本宮さんがこっちを見る。わたしはあいまいなごまかし笑いを浮かべた。

「ちょっと紙オタクっぽいどころか、あの人こそキングオブ紙オタクじゃないですか」

烏丸さんがそう言ったとき、倉庫の入口から藤崎さんがはいってくるのが見えた。

「紙オタクがなんだって？」

藤崎さんの声に、烏丸さんがびくんとしてふりかえる。

「あ、いえ、なんでも……。ちょっとＺＩＮＥを作ってる友人の話をしてまして」

烏丸さんが口ごもる。

「まあ、いい。で、どう？　材料になりそうなものはあったかな」

「いや、あったどころか、宝の山ですよ」

烏丸さんが元気よく答える。

「君たちが行ったあと、綿貫さんに連絡して、企画の趣旨を伝えたよ。細かいところはまだこれから相談しなければならないけど、方向としてはいいんじゃないか、って」

「やった！」

烏丸さんが小さくガッツポーズをする。

「壁面の利用についても確認したよ。そのスペースは春からあたらしいテナントに貸し出す予定で、どちらにしてもそのとき全面改装になるから、テープの跡ぐらいはかまわないそうだ。壁の面積を調べて、パネル代の見積もりも取ったよ。知り合いの業者だし、ある程度まとまった数だから、安くしてくれるそうだ」

「早っ。すごいです。ありがとうございますっ！」

烏丸さんが目を丸くしながらそう言った。

そう、藤崎さんは紙オタク。だが、とても優秀な紙オタクなのだ。

「ただ、いま松岡さんから、この紙を全部使ってしまっていいのかっていう疑問が出て」

本宮さんが言った。

「まあ、廃材だからかまわないが？　販売するのはよくないが、そういう使い方ならとくに問題はないし、むしろ大歓迎だ」

藤崎さんはにっこり微笑んだ。余り紙がこういう形で生かされるのがうれしいのかもしれないと思った。

「いえ、僕が言っているのはそういうことではなくて、この廃材をイベント一回で使い切ってしまっていいのか、ってことなんです。このあと川越に新記念館がオープンしますよね。この廃材があれば、そちらでも似たようなワークショップを開けるでしょう？」

なるほど、そういう意味だったのか。松岡さんの言葉に、藤崎さんもはっとしたような顔になった。

「たしかにその通りだな。子ども向けでなくても、この廃材を生かす機会はほかにもあるかもしれない」

藤崎さんが腕組みする。

「ですね。ならひとりいくつまで、という制限を加えればいいんじゃないですか」

烏丸さんが言った。

「そうですね。個数制限をつけましょう。あと、たしかに素晴らしい紙が多いんですけど、素材としては単調な気もしました」

本宮さんが箱の中を見る。

「単調？　こんなにいろいろあるのに？」

烏丸さんが不思議そうに本宮さんを見る。

「自由に形を作るなら、ぐちゃぐちゃに丸められるもの、とか、サイズの大きいもの、とか、タイプのちがうものがはいっていた方がいいと思うんです」

「それだったら、ほかの部署の廃材もあわせて使ったらいいんじゃないか」

藤崎さんが言った。

「ほかの部署？　ほかの部署の廃材もあるんですか？」

「あるよ。みんなすぐに廃棄してしまうから、倉庫には置いてないけど、あらかじめ言っておけば取っておいてくれるんじゃないかな」

「あの、藤崎さん。医療用品関係の部署で、不織布の廃材は出ないんでしょうか」

保育園の衣装のことを思い出して、わたしは訊いた。

「医療用品部門？　出るんじゃないかな。不織布のタオルとかシーツ、検査着みたいな大きめのものも作ってるし、注文で変わった形の製品を作ることも多いから」

医療用品部門は、藤崎産業の子会社で作った製品を扱っている。製造は埼玉工場でおこなわれていて、去年までは藤崎さんもよく工場に行っていた。

「不織布は紙にくらべるとやわらかいですし、紙とはまたちがった形を作れるんじゃないかと。薄いものだとふわふわした感じも出せますし」

「そういえば、最初、記念館のあり方を考えてたときにも不織布の話が出ましたよね。藤崎産業のいまの活動を幅広く知ってもらうのも記念館の目的のひとつですし、不織布を使うのはそういう意味でもいいいんじゃないですか」

烏丸さんが言った。

「藤崎産業ではこういうものを作ってます、っていう広報的な意味もありますね。素材一覧の紹介を載せたパンフレットを作って配れば、より効果的なんじゃないでしょうか」

松岡さんが言った。

「たしかに。じゃあ、それも作ってみようか。川越に行ってから同じようなイベントを開催することもあるだろうし、この一回かぎりの話っていうわけでもないから」

「俺、そのパンフレット作ってみたいです」

烏丸さんが即座に手をあげた。

「第三営業部の仕事じゃないから、時間外に作るしかないかもですけど」

「いやいや、時間外労働はダメだよ。業務の一環として携われるように、僕から第三営業部に頼んでみる」

藤崎さんが笑った。

「不織布のことは幹彦《みきひこ》に訊《き》いてみるよ」

幹彦さんとは、医療用品部門にいる藤崎さんのいとこである。現社長の次男、つまり、浩介さんの弟。だが、藤崎さんとの折り合いは悪くないらしい。

浩介さんが藤崎さんへの当たりがきついのは、長男同士で幼少期からなにかと比較されていたこともあるようだ。薫子さんによれば、次男の幹彦さんは細かいことは気にしないあっさりした性格みたいだ。

なんにしても、藤崎さんはコロナ禍で医療用品部門のサポートにはいっていたため、以前より幹彦さんと親しくなったというようなことを言っていた。

「そういうことでしたら、せっかくですから第一営業部にもはかってみましょうか」

松岡さんが言った。

「第一営業部か。たしかにあそこは包装紙のようなプリントされた大判の紙の廃材も出るはず。ただ、ストックせずにすぐに廃棄されてしまうようだし……」

藤崎さんは首をひねったが、そんなことより、第一営業部には浩介さんがいる。記念館から頼まれていい顔をするはずがない。それどころか、また横槍《よこやり》がはいるかも……。

「交渉次第でものによっては手にはいるかもしれません。僕がかけあってみます」

ふたりの確執を知らないのだろうか、松岡さんは躊躇《ちゅうちょ》なく言った。

「そうだな。第一営業部にだけ話がなかった、となるのも良くないだろう。まあ、無理はしないでいいですよ」

とめるかと思ったが、藤崎さんはあっさりそう答えた。

5

第一営業部からの廃材の提供は絶対に無理、断りに加えて嫌味のひとつふたつオマケについてくるかと思っていたのに、松岡さんはなぜか廃材提供の算段をつけてきた。

「え、出してくれるんですか？」

烏丸さんが驚いて訊き返す。

「大丈夫みたいですよ。ブランドのオリジナルのものは使えないみたいですが、大丈夫なものもあるそうです。交渉と資材の管理は僕が担当します、と申し出たら、わりと簡単にOKが出ました」

松岡さんはこともなげに言った。

「へえ……」

烏丸さんは目を丸くしている。松岡さんって、真面目で優秀なだけじゃなくて、意外とタフな人なのかもしれない、と思った。

企画をまとめて提出し、イベントの運営側の許可も得ることができた。ワークショップのタイトルは「みんなで作る『春の海』と『春の山』」。片方の壁面を「海」、もう片方を「山」として、真ん中は作業スペースとする。

廃材はいくつかのジャンルに分け、入場時、子どもひとりにつき、ひとつのジャンルからひとつ、合計五つのパーツを選んでもらう。作業中にどうしてもパーツが足りなくなったときは、三つまで追加できる。

道具ステーションを真ん中に作り、ハサミ、接着剤、輪ゴムや紐《ひも》、クレヨンなどの画材を置く。ただし、水を使えないので絵の具の使用はなし。なにを作るかは参加者が自由に決めていい。できあがったものを海か山、どちらかのパネルに貼る。

最初は土曜の午後数時間という話だったが、運営と相談したところ、大掛かりな企画なので全日使った方が良いのでは、と言われた。土曜はまだそのスペースには企画がはいっていなかったようで、まる一日記念館が使うことになった。

廃材は無料なので、かかる費用は、パネルと道具代のみ。参加費も取るのでじゅうぶんまかなえるだろう、ということになった。紙のパネルは結局白しかなかったので、プロジェクトチームのメンバーで絵の具を塗ることになった。

最初は藤崎産業のビルの屋上で塗って会場に持ちこむつもりだったが、綿貫さんに相談すると、土曜以前にその部屋を使うことはないそうなので、会場で絵の具を塗って設置することになった。作業は金曜だけだと不安なので、木曜の夕方からと決めた。

日本橋イベントの準備と並行して、新記念館の展示準備、ベーシックラインの開発、十二月の倉敷、一月の名古屋の紙こもの市の準備など、さまざまな仕事が次から次にやってきた。ベーシックラインの新商品については、倉敷ではポストカード、名古屋ではレターセットを出すことになっていた。

さらに、新記念館オープンのときに出すモリノインクとのコラボ商品に関する相談もはじまった。二段箱に収まりがいいように、ガラスペンの長さは短め、一筆箋《いっぴっせん》は細め。ガラスペンとペン置きを野上さんに発注し、インクは小瓶の形から関谷さんと相談。一筆箋のデザインは石井さん。箱は懐紙入れと同じように、黒漆紙と柿渋紙を使うことになった。

十二月のはじめ、『東京散歩』の新版が出た。

『東京散歩』には東京の各区の話が区ごとに二十三編おさめられている。わたしが生まれる少し前に雑誌に連載されたものだが、連載の当時のことだけでなく、過去を回想するものも混ざっている。

いちばん古いのは中央区の「屋上の夜」だろうか。平成を舞台にしたものだが、話のなかに幼いころ日本橋髙島屋の屋上で象を見た記憶が描かれている。昭和二十年代後半、日本橋髙島屋の屋上には髙子《たかこ》という象がいたのだ。

ほかの区の話にも、昭和から平成にかけて、父が生きた時代の回想が次々に登場する。そもそも、父が『東京散歩』を連載していたときももう二十五年も前のことで、東京の風景もそのころとはだいぶ変わっている。

それで、新版を作るにあたり、一編ごとに扉をつけ、話に登場する時代のその区の写真を入れることになった。話に描かれている時期については母にも何度か問い合わせがあり、母は写真選びの相談にも応じていた。

写真の多くはうちにあるアルバムから提供することになった。父が生前撮ったものが保管されていたので、母と編集部の人で該当する写真を探した。写真には母と結婚する前のものも多く含まれていて、どこなのかわからないものも多々あった。

そこで、父が生前仲良くしていた柴山輝雄《しばやまてるお》さんという小説家の助けも借りることになった。柴山さんは父と同世代で、都内の地理にあかるい。写真に写った建物や道路を見ると、たいていどこなのか見当がつくようだった。

柴山さんは母ともむかしから親交があり、命日には欠かさず父の墓参りに通ってくれていたそうだ。打ち合わせの際に、こんなことも起こるんですねえ、と感慨深げに話していたらしい。

うちのアルバムにない区の写真のうち何枚かは柴山さんから借りることになった。それでも足りないものは版元にある資料から探した。象の高子の写真は、当時の新聞の写真を借りることになった。

柴山さんにとっても母や編集者にとってもなつかしいものだったようで、写真選びはずいぶん盛りあがり、カバーにもその古い写真がならぶことになった。柴山さんが巻末の解説を書いてくれることになり、母も短い後書きを寄せた。

刊行の二週間前に版元から見本が送られてきた。できあがった本を見て、母は涙ぐんでいた。何度も何度もながめてから、棚の上の父の写真のとなりに飾った。

発売日の夕方は母や叔母《おば》と待ち合わせをして、都内の大きな書店を見に行った。話題の文庫新刊の棚に大きく出してくれているお店もあった。

カバーや扉にむかしの写真を使ったのも功を奏したのだろう。かつての東京の姿が浮かびあがってくる、というレビューがあちこちに出て、版元から、発売後すぐに重版の連絡があった。

道草書房の『手仕事をめぐる旅』の方も、十二月半ばに見本がうちに届いた。ため息が出るほど素敵な装丁で、本を開くと活版印刷の文字が目に飛びこんでくる。

クリスマスを過ぎて、会社の仕事が一段落したとき、道草書房から連絡がきた。『手仕事をめぐる旅』が全品納品されたらしい。配本は新年になるという話だったが、文字箱や、物語ペーパーを置いている古書店には年内に配本され、店頭にならんだ。

年末は『東京散歩』と『手仕事をめぐる旅』の両方を持って、母や叔母とともに飯田に帰省した。飯田の家もすでに『東京散歩』は購入してくれていて、『手仕事をめぐる旅』も道草書房のオンラインショップで予約注文してくれていた。

例によって、柳田國男館は年末年始で閉まっている。三日には東京に戻らなければならないので、なかにはいるのはあきらめ、飯田に帰った翌日、母とふたりで本を持って館の前まで行った。

夜、居間のこたつで祖母と『手仕事をめぐる旅』をめくっていると、父が好きだったというあの居間のことを思い出してわたしもなぜか泣いてしまった。祖母も、百花が立派に成長してよかったよねえ、お父さんも喜んでるよね、と泣いていた。

大晦日《おおみそか》には久しぶりに初詣《はつもうで》にも行った。『東京散歩』も復刊し、『手仕事をめぐる旅』も無事刊行できた。今年はいよいよ新記念館のオープンだ。そんなことを考えながらお参りの列にならんでいると、なんだか胸が高鳴った。

東京に戻るとすぐ、『手仕事をめぐる旅』が一般書店で発売された。『東京散歩』が話題を呼んだのと、柴山さんが『手仕事をめぐる旅』の書評を新聞に書いてくれたおかげで、道草書房には小出版社の刊行物としては異例なほどの注文が来ているらしい。

一月末、道草書房の呼びかけで『手仕事をめぐる旅』刊行記念のパーティーがおこなわれ、母と叔母、わたしも参加した。

浜本さんはもちろんのこと、物語ペーパー関係の古書店の人たちや、綿貫さん、藤崎さん、印刷を担当した三日月堂の弓子さんと悠生さん、製本を担当した方々、『東京散歩』の担当編集や柴山さんも来てくれて、にぎやかな会になった。

二月中旬、新記念館の内装工事も完了し、什器《じゅうき》がはいりはじめた。わたしも本社と川越のあいだを行ったり来たりする日々が続いた。

内部は四月には整いそうだが、さまざまな制限を避けた方がいいだろうという判断で、開館は五月になってコロナが5類感染症になってからと決まった。開館は五月十三日土曜日、オープニングセレモニーはその前日の十二日金曜日の夕方から、と決定した。

オープニングセレモニーの招待状作りの仕事もはじまった。文面や招待状の紙選びやデザイン、招待客のリスト作りはすべて藤崎さんの仕事だ。わたしの仕事は、できあがった文面やリストにまちがいがないかチェックすること。

プロジェクトチームでは開館に向けてサイトの再整備がおこなわれている。ニュース欄で開館の日程も告知し、松岡さんを中心に、館内案内やオンラインショップのページなども少しずつ整えていっている。

日本橋イベントで配布するパンフレットの編集は烏丸さんが担当している。わたしと本宮さんで廃材をチェック、分類して、パンフレットに載せる情報を書き出す。ワークショップスペースの横でグッズ販売も可能とのことで、そちらの準備も進めている。

前に言われていた紙漉《かみす》きの研修にいったいいつ行けるんだろう、とちょっとひやひやしていたところ、藤崎さんから研修は三月後半に決まった、と通告を受けた。以前一日体験に参加した美濃和紙の里会館で五日間の研修を受けることになったらしい。

最初に紙漉きを体験した美濃で研修を受けられるというのは、願ってもないことだった。一日体験が終わったあと、あの土地で感じたことをいまでもよく覚えている。記念館の仕事をしていこうと強く決意したのはあのときだった。

「でも、どうして美濃なんですか」

場所的には小川町の方がずっと近いのに、と思ってそう訊《き》いた。

「実は七月に美濃で紙こもの市が開催されることになってね。もちろんうちも出店する」

美濃の紙こもの市は、これまでのようにひとつの大きな会場を借りておこなうのではなく、美濃のあちこちのお店にブースがはいり、街全体が会場というあたらしい形式らしい。

「それで、出店するブースはすべて美濃和紙とのコラボ商品を作ることになったんだ。うちはそもそもどの商品も和紙だけど、それ以外のブースもみな美濃和紙を使った製作をするらしい」

「それはおもしろそうですね」

「うちも美濃和紙ならではのものを作りたいからね。研修のあと、美濃の人とコラボ商品について相談してきてもらいたいんだ」

ひとりで……。少し不安になったが、できる、と自分に言い聞かせ、うなずいた。

「あと、今後の配属のことなんだが……。みんなにはそれぞれこれから伝えていくことになるけど、記念館がオープンしたあと、記念館に配属になるのは、吉野さんと烏丸さんに決まった。ふたりはいまの部署から異動という形になる。僕は広報部と兼務で、基本的には記念館にいて、会議や用事があるときだけ本社に戻る」

「本宮さんと松岡さんはどうなるんですか」

「本宮さんは第二営業部配属のまま。彼女、第二営業部でかなり活躍しているみたいなんだ。それと、今度第二営業部も広報部といっしょにあたらしい企画に取り組むことになって」

「どんな企画ですか？」

「つきあいのある印刷所と提携して、紙会社と印刷所主導の雑誌を作ることになったんだ。薄いものだけど、紙の雑誌だ。紙や印刷技術を紹介する内容で、雑誌自体にも毎回ちがう紙を使う」

「それはおもしろそうですね」

「本や雑誌っていうと、みんな出版社や書店のことを考えるけど、紙を提供する紙会社、印刷する印刷会社があるってことをもっとアピールしていきたいと思って。紙媒体自体がいまは厳しい状況だから、販売方法は考えていかないといけないけど……」

　藤崎さんが言った。

「本宮さんには先輩社員とふたりでそちらの仕事を担当してもらうことになったんだ。烏丸さんはZINE作りの経験があるから、ふたりの配属をどうするかはかなり迷ったんだよ。でも、ふたりの適性を考えて、烏丸さんが記念館、本宮さんが第二営業部というのが妥当だろうということになった」

「松岡さんは？」

「松岡さんは、広報部に異動になる」

「広報部に？」

「父が松岡さんを気に入ってね。全体を見る目があるところが評価されたんだ。実は広報部ではこれからの藤崎産業の方向を考えるために、ベテラン新人合わせてあたらしいチームを作ることになっているんだ。松岡さんは父直属になって、おもにそのチームに関する業務を担当することになる」

それって、会社の中枢ってこと……？　さすが松岡さんだ。

「藤崎産業全体のことを考えると、僕以外の正社員で記念館に配置できるのはふたりが限界なんだ。それで烏丸さん、吉野さんのふたりと決まった。それでは人手が足りないから、パートかアルバイトを雇うけどね」

二年間、いっしょにやってきたプロジェクトチームが解体されるのは少しさびしい。正直、四人だったからやってこられたんだと思うし、松岡さんと本宮さんという優秀なふたりがいなくなるのは心細い。でも、それが妥当だとわたしも思った。

「といっても、記念館のサイト作りは広報部が担当するからね。細かい更新は我々でおこなうが、サイトの構築は今後も松岡さんが担当していくことになる。本宮さんたち第二営業部で作る雑誌も記念館で扱うことになると思うし。ふたりとも今後もなにかといっしょに仕事をすることになるとは思う」

「そうなんですね」

ちょっとほっとしてそう答えた。

「みんなには僕から伝える。それまでは黙っておいてください」

「わかりました」

わたしはうなずいた。

6

日本橋イベントの前々日の木曜日、夕方からプロジェクトチームのメンバー四人でイベント会場のビルに向かった。ワークショップのパネルに色を塗るための絵の具や刷毛《はけ》、作業着持参である。パネルはすでに現地に搬入され、部屋の隅に重ねられていた。

それぞれトイレで作業着に着替え、部屋に再集合する。パネルとともに養生シートが置かれていたので、まずはそれを床一面に広げた。ずれないようにあちこちをテープで止め、その上にパネルを広げる。

「実際に見るとけっこうデカいですね。これ、全部塗るのか……」

パネルを見るなり、烏丸さんが言った。

「そのためにこの特大刷毛を買ったわけですし。まあ、がんばりましょう」

本宮さんが大きな刷毛を一本ずつみんなに手渡した。

前回のミーティングで、子どもができるだけ自由に発想できるように建物、乗り物、植物などのようなものは一切描かない、と決めた。

じゃんけんで二チームに分かれ、本宮さんと松岡さんが山チーム、烏丸さんとわたしが海チーム。それぞれ塗り方の計画を立てた。

山チームは、下半分を山、上半分を空にする。山の形を定めたら、あとは上下で塗り分けるだけ。木や植物を作りたい子もいるだろうから、山は茶色。空は空色一色だ。

海チームも、上の方に少しだけ空を作ることにした。空は海より少し薄い色にする。海のなかは青だが、烏丸さんが海のなかは全部青だとつまらないから、海底に近づくほど暗くなるグラデーションにしようと言い出した。

また面倒なことを、と思い、莉子や石井さんのことを思い出した。新歓でも大学祭でも、小冊子研究会の部長になる人はなぜか自分で自分の仕事を増やす癖があった。そして、結局全体の作業が増えるから、部長だけではなく部員全員の仕事が増える。しかしクオリティは確実にあがるので、みんな文句を言いながらもしたがっていた。

烏丸さんもそのタイプだな。新記念館に配属されるのは烏丸さん。わたしはどうもこのタイプの人と縁があるみたいだ。そして、館長は藤崎さん。効率重視の人がいない。新記念館がオープンしたあとも忙しくなりそうだ、と思う。

だが、たしかに青一色で塗るのは作業としても単調で飽きる気がして、わたしもついグラデーション案に賛成してしまった。結局同類ということか。

　画面も大きいし、ぼかしでグラデーションを入れるのは無理と考え、横に曲線で区切り、枠ごとに色を変えていくことになった。

　作業がはじまり、山チームは空色と茶色、絵の具の色をそのまま使うことにしたようで、バケツに大量の絵の具を入れ、水を混ぜている。本宮さんが軽やかに山の輪郭を定めると、松岡さんが空色を、本宮さんが茶色を、それぞれ淡々と塗りはじめた。

　わたしたち海チームは、とりあえず青に白を混ぜて薄くしたものを空に塗り、海の方は水面側を青にして、その後下に行くにつれて黒を混ぜていく、という作戦だった。しかし、まずは空の色を作ろうとして、いきなりつまずいた。

「これ、どのくらいの量を作ればいいんだろ？」

　絵の具を混ぜながら烏丸さんが言った。

「え、どのくらい、って？」

「青と白を混ぜるわけじゃん？　途中で足りなくなったら作り足さないといけないよね？　そのとき絵の具の比率が変わっちゃったら、色が変わっちゃうから……」

　そう言われて、小冊子研究会で新歓用のポスターを作ったときのことを思い出した。色は最初にたくさん作っておいた方がいい。そう思って多めに作ったんだ。でも、今回のパネルはあのときとくらべものにならないくらい大きい。

　まずい。全然わからない。

「もうこの際、もったいないけどめちゃめちゃたくさん作った方がいいんじゃない？」

しかたなくそう答えた。

「そうだな。あんまり考えてもしょうがないし」

烏丸さんがバケツに大量の青と白の絵の具を入れ、混ぜはじめた。


結果的に、少しずつ色を作りながら塗っていく方法はたいへん効率が悪かった。

空は大量に絵の具を混ぜたはずなのに結局途中で足りなくなった。上半分と下半分で微妙に色がちがうが、グラデーションのように見えなくもない。念のためふたりで上から塗っていったおかげで助かった。

海も、上の方から塗りはじめ、下にいくにつれ青に少しずつ黒を足していくという計画だったが、そもそもひとつの枠を塗るのに大量の絵の具がいるため、結局毎回あたらしく色を作る羽目になった。そのたびに上の段と見くらべながら色を作るので、かなり時間がかかった。

そういうわけで、山チームの作業が終わったとき、海チームの方はまだ半分も塗れていなかった。山チームは全体を空色と茶色に塗り分けてしまったあとで、上から細かい濃淡を重ねたようで、ぺったりした塗りにならず、こなれた印象だ。

結局途中から本宮さんと松岡さんにも手伝ってもらうことになった。そのころには四人とも回に作る絵の具の分量もだいたいわかるようになり、一気に作業が進んだが、残業になってしまった。

作業が終わるころ、藤崎さんが飲み物の差し入れを持ってやってきた。できあがったパネルを見て、これはたいへんだったね、と少し同情するような口調で言った。

「いや、でも両方とも良くできてるよ。手がこんでるのがわかるし、単色のパネルを使うよりずっといい。背景色だけでなにも描かれていないのもいいね。これなら子どもも自由に発想できるんじゃないか」

藤崎さんに言われ、ほっと一息ついた。

作業が終わり、片づけたあと、藤崎さんを含め五人で食事に出かけた。遅くなったのはわたしたち海グループの責任なので、山グループのふたりに、今日はわたしたちが持ちます、と言ったが、結局藤崎さんが全員分払ってくれた。


ワークショップ当日となった。

前売り券はかなり売れていたし、当日券も出すことを考えると、プロジェクトチームのメンバー四人だけでは人手が足りないことは目に見えていた。小冊子研究会の後輩に声をかけたところ、卒論が終わった鈴原さん、二宮さん、中条さん、根本くんが手伝いに来てくれた。

開始時間には早くも子連れの待機列ができていて、そのにぎやかさに目を見張った。これまでの記念館の大人向けイベントとはまったく雰囲気がちがう。子どもたちは常に動きまわり、めちゃめちゃ落ち着きがない。走りまわったり、踊ったり、歌ったり、止まるということがない。

鈴原さん、中条さんには受付にはいってもらい、イラストが得意で工作にも慣れている二宮さんには道具ステーションにはいってもらうことになっていたが、ここにきて根本くんが意外な優秀さを発揮した。

待機列の子どもたちの前で身振り手振りで今回のイベントの説明をはじめ、一気に子どもたちの心を鷲摑《わしづか》みにしたのである。しかも説明の内容は根本くんの即興だ。わたしたちはワークショップの内容と「みんなで作る『春の海』と『春の山』」というタイトルを伝えただけ。

根本くんは勝手に、海や山に関するむかしばなしをひとりで次々に寸劇にして繰り出していった。子どもたちはみな根本くんの話に釘付《くぎづ》けである。本宮さんも烏丸さんも、あの人、すごいですね、と驚いていた。

ワークショップがはじまって列が短くなったあとは、会場のなかで迷っている子どもたちの相談役として活躍してくれた。なにをしたらいいかわからずにまごまごしている子たちも、根本くんと話すとなぜか安心するようで、工作に向かっていった。

根本くんといえば、入学してすぐのころは小学生男児か、というくらいの落ち着きのなさで、ひとつ上の学年の乾くんも持て余していた。いまもその落ち着きのなさはあまり変わっていないようだったが、子どもの心をつかむのはうまかった。

ワークショップの方もなんとかうまくいっている。最初の材料選びで時間がかかる子もいれば、なにすればいいか全然わかんねえ、と頭をかかえる子どももいる。だが、ほかの子たちが熱心に作業しているのを見るうちに、なにか思いつくみたいだ。しばらくするとスイッチがはいり、無言で作業に集中しはじめる。

薄い不織布と水引を組み合わせてちょうちょを作る子、柄のはいった包装紙や和紙を組み合わせてクラゲを作る子。

五人組でやってきて、材料をまとめてもらって、みんなでひとつ大きなものを作ってもいいか、と訊《き》いてきた子たちもいる。想定していなかったが、いいよ、と答えると、五人で相談しながら設計図を書いて、材料を取りにきた。五人で木を作るのだと言う。

ざらざらした紙を大量に持っていき、それで木の幹を作った。ほとんどの材料を幹に使ったので、かなり大きな木ができ、苦労して山の方に貼りつけて本人たちも満足していた。葉っぱにはじゅうぶんな量がまわせず、はじめは枯れ木のようだったが、ほかの子たちが次々にいろいろな形の花や葉っぱをつけていった。

山の側の木を見て、海でも似たようなことを考える子たちが現れ、複数集まって、大きなクジラやイカを作っていた。イカはダイオウイカという巨大イカらしく薄く白い和紙の身体に、キラキラのラメの紙で目をつけていた。

最初のうちはどうなることかと思っていたが、三時を過ぎるころになると、海も山も子どもたちの作ったものでいっぱいになった。想像もしなかった海と山の世界が広がり、イベントを主催したわたしたちも見ていると胸がどきどきした。

みんな計画を立ててきたわけじゃない。大部分の子たちはここで材料に触れてからなにを作るか考えたのだろう。ほかの作品を見て影響を受けたり、足りないものを作ろうとしたり。それでこんなに自由で生き生きしたものを作りあげている。

創作というとひとりで黙々と自分の世界と向き合うことのような気がするが、子ども時代はこういう時間を過ごすことも大事なんだと思う。

人が集まって、遊んだり、いっしょに考えたりする場所。大学時代の最後の一年、そういう場所を失ったからわかる。それはとても大事な場所で、失われてはいけないんだ。これからの子どもたちのためにそういう場所を作ることも、大人になったわたしたちの仕事なんだ、と思った。


四時過ぎに藤崎さんも一度会場を見にきた。子どもたちのにぎわいに気圧《けお》されたのか、このパワーには太刀打ちできないね、と苦笑いしつつ、壁の海と山の作品をながめながら、感嘆の声を漏らした。

なんと社長や晃成さんも会場にやってきて、子どもたちの様子や壁の作品を見て、みんな元気だ、なかなか楽しそうですねえ、と満足そうな表情を浮かべていた。

綿貫さんやイベントの運営の人たちもやってきた。参加した人たちの評判もいいし、いい企画でした、と言い、壁の作品も、少なくともフェアが終わるまでこの会場に展示しておくよう検討してくれることになった。

五時半にイベントが終わったときは、スタッフはみんなへとへとで、会場の隅にへたりこんでいた。片づけをしなければならないが、すぐには動き出せない。

「いや、子どものパワーはまじですごいですね」

烏丸さんがため息を漏らす。

「でも、片づけないと」

本宮さんが立ちあがったとき、うわっ、と思った。

入口に浩介さんが立っている。第一営業部の社員をふたり率いていた。

「あ、課長」

松岡さんが立ちあがり、浩介さんのところに歩いていった。

「なにしに来たんでしょうね」

烏丸さんがわたしにひそっと耳打ちする。

松岡さんと話をしていた浩介さんがこっちに向かって歩いてくる。烏丸さんもわたしも緊張して立ちあがった。

「片づけ、課長たちが手伝ってくださるそうです」

松岡さんが言った。

「よ、よろしくお願いします」

本宮さんがたどたどしくそう言って、頭をさげる。烏丸さんもわたしもあわてていっしょにお辞儀した。

「今日はなかなかたいへんだったみたいですね」

浩介さんはそう言って、壁の作品をながめた。

「廃材にこんな使い道があったとは。社長も褒めてましたよ。がんばりましたね」

そう言われ、ぽかんとした。記念館でバイトしはじめたころの態度とはえらくちがう。自分の部下といっしょだとこんな感じなのか、と警戒しつつ、烏丸さんといっしょに、ありがとうございます、と答えた。

「みんな疲れてるだろうけど、片づけはさっさと済ませましょう。壁の作品はそのままでいいという話だったので、道具類や残った材料をまとめてください。車に積んで帰りますから」

浩介さんはテキパキとそう言って、上着を脱いでワイシャツの袖《そで》をまくる。第一営業部の先輩たちが作業に取りかかるのを見て、わたしたちもあわてて片づけにはいった。

スーツ姿の社員が来たのを見て、バイトの後輩たちも焦ったのだろう。片づけはすごいスピードで進んだ。道具や材料は箱に納め、養生シートを含めゴミも全部まとめて、みんなで駐車場に停めた車まで運んでいった。

わたしは会場に残り、片づけが終わったことを運営の人たちに伝えに行った。

「お疲れさまでした。これからあのスペースを使う人たちと相談して、壁の作品はフェア終了まであのまま展示することに決まりましたよ。ワークショップに参加した子たちがまた見に来てくれるかもしれませんしね」

運営の責任者らしい男の人がそう言った。

「ありがとうございます」

「楽しそうでしたよね。わたしたちも外から見てるだけでなんだかうれしくなってしまって。あの作品、フェアが終わったあともどこかに飾れるといいんだけどね」

となりにいた女の人もにこにこしている。

「久しぶりだからね、こういうイベントは。でも、まあ、あなたたちは疲れたでしょう。お疲れさま。ゆっくり休んでください」

男の人にそう言われ、深くお辞儀をした。

もとの会場の方に戻ろうとしたとき、反対側から浩介さんがやってくるのが見えた。部下たちの姿はなく、ひとりだった。またなにか言われるかな、と思わず身構えた。

「吉野さん」

浩介さんの声がした。はい、と答えて立ち止まる。

「今日はお疲れさまでした」

意外とマイルドな声に拍子抜けした。

「片づけ、ありがとうございました」

そう言って頭をさげる。声がかちんこちんに固まっているのが自分でもよくわかった。

「四月から新記念館の配属になったんだよね」

うわ、ここで嫌味、くるのか？

しかし無視するわけにもいかない。顔をあげ、はい、と短く答えた。

「まあ、そんなに構えないでくれ」

浩介さんはそう言って、こちらを見た。

「アルバイトのころ、記念館のことでは不愉快な思いをさせて悪かった。行き過ぎていた、といまは反省しているんだ」

言われたことが理解できず、なにも答えられない。

「あれから、いろいろあったんだ。コロナ禍で第一営業部の売り上げも一時期かなり落ちこんだ。取引先の商業施設も多くが休業になって、人と人との行き来がなくなれば贈答の機会も減る。通販商品で巻き返そうとしたが、なかなかうまくいかなくてね。このまま世界が変わって、立ち行かなくなるんじゃないかと本気で思ったよ」

浩介さんはそこでいったん言葉をとめた。

「まあ、医療用品部門や家庭紙の部門があったから、会社自体は堅調だったんだけどね。こんなことになる前、僕は自分の部署がうちの会社の花形だって信じてたんだ。高級ブランドやデパートとの取引もあって、華やかな部署だったから」

浩介さんがshizukuの淵山さんといっしょに記念館にやってきたときのことを思い出した。あのときの浩介さんは、記念館で請け負っているのは小口の仕事にすぎない、と高飛車だった。

「でも今回のような状況には歯が立たないと思い知らされた。鬱々《うつうつ》としてたとき、幹彦から医療用品部門をサポートしている一成のことを聞いたんだ。従来の社員が手一杯になっていてできないところを進んで受け持ってくれて、ほんとに助かってる、って。それであいつに対する見方が少し変わった」

浩介さんはそこで大きく息をついた。

「僕はね、むかしからあいつの子どもっぽいところが気に入らなかったんだ。天真爛漫《らんまん》で、自分の関心のあることだけしていればいい。努力し続けないと親から評価されない自分とは全然ちがう、って。藤崎産業に入社してきたときもそうだったんだ。評価されるための努力を全然しない。それが癇《かん》に障《さわ》った」

はじめて聞く話で、浩介さんの方からはそう見えていたのか、と思った。

「幹彦に言わせれば、僕らの親も特別厳しかったわけじゃない、ただ僕自身がいちばんになることにこだわっていただけなんじゃないか、って。まったくその通りだよ。僕はただ、努力もせずに成績のいい一成が自分より恵まれているように見えていただけ。親も有名人で、僕のことを馬鹿にしてると思ってた」

浩介さんが苦笑いする。

「けどちがった。いまは、僕の方が子どもだったんだな、と思う。一成は華やかな両親のもとで育って、子どものころから夢を持つことを諦《あきら》めてただけ」

「でも、いまは諦めてないと思います」

　わたしは言った。

「そうだね、いまの一成は必死だよ。必死で記念館を成功させようとしてる。僕も最近ようやくわかった。もしかしたら記念館が藤崎産業を救うってこともあるのかもしれない、って」

「救う？」

「二十一世紀にもなって、世界が感染症でこんなに右往左往するなんて、だれも予想してなかった。これからだってなにがあるかわからない。だから可能性の芽を保存しておくのは大事なことなんだ。祖母や父や晃成さんが記念館に期待しているのはそういうことなのかもしれない。僕はなにもわからずに、記念館の存在なんて無駄だと思ってた。愚かだったよ。松岡から新記念館の構想を聞くうちに、少しずつわかってきた」

「松岡さん、優秀ですよね」

「うん。現実的で、合理的だ。それに、人の顔色を見ないんだ。鈍感ってわけじゃないよ。相手の考えは読んでいる。でも動じないで自分の考えたことを主張する。大物だよ。若いのに、ああいう人もいるんだな。君のがんばりのことも松岡から聞いた。発想がすごい、って」

　浩介さんが少し笑った。

「僕は、たぶん一成のことはこれからも好きになれないと思う。一成だって、僕のことは苦手だろう。でも記念館に関しては、できることがあれば協力していくつもりだ」

「わかりました。よろしくお願いします」

わたしは頭をさげた。

藤崎さんは、どうなんだろう。浩介さんのことは面倒なやつとは言っていたけど、苦手だとは言っていなかった気がする。でもそう言えばまた浩介さんの癇に障るだろう。

「吉野さん、運びこみ終わりました」

遠くから本宮さんの声がした。みんなが戻ってきているのが見えた。

「じゃあ、まあそういうことで。これからもがんばってください」

浩介さんは手を振って、ビルの外に出ていった。


そのあと、プロジェクトチームのメンバーとアルバイトの面々で、簡単な打ちあげをした。後輩たちの今後のことを聞くと、鈴原さんは教育系の出版社、中条さんはウェブメディアの編集部に就職が決まり、二宮さんは地元の会社で働きながらイラストを続けていくと言っていた。

「わたしは石井先輩みたいに最初からひとりでやっていくだけの強さはないですから。社会経験を積みながら、イラストレーターの道を探します」

根本くんは遊園地への就職が決まったらしい。そこで働きながらアーティストを目指すのだそうだ。さっきの子どもへの対応を思い出し、みんなで、遊園地の仕事は天職かもしれないね、と笑いあった。

プロジェクトチームのメンバーは、みな藤崎さんから次の部署の内示を受けていた。烏丸さんは藤崎さんの下で働けることを喜んでいたし、松岡さん、本宮さんも、次の仕事に向けて意欲を燃やしている。おたがいにがんばろう、と乾杯した。

7

三月の最後の週の日曜日、わたしはひとり、美濃に向かった。五日間の紙漉《かみす》き研修を受けるためだ。朝早い新幹線で名古屋まで行き、東海道《とうかいどう》本線に乗り換え岐阜、そこから高山《たかやま》本線で美濃太田《おおた》へ。美濃太田からは長良川《ながらがわ》鉄道に乗る。

前に美濃に行ったときは藤崎さんや莉子といっしょだった。長良川鉄道の二両だけの列車に乗って、旅行気分でわくわくしたことを思い出した。

美濃市駅に着いたのは十一時過ぎ。小さな駅舎を出ると乗り合わせタクシー「のり愛くん」が待っていた。名前を告げて、ワゴンに乗りこむ。「のり愛くん」は事前に予約した人たちを指定の場所で拾っていくタイプの大型タクシーで、前に莉子と美濃に来たときもこれに乗って美濃和紙の里会館まで行った。

美濃の観光の中心である「うだつの上がる町並み」のなかを通り、前にわたしたちが乗ったのと同じ十六《じゅうろく》銀行の前で観光客らしい人をふたり乗せた。しばらく走ると川沿いの道に出る。途中の道の駅で地元の人をひとり乗せ、長良川を渡る。

川を渡ったあたりから、外の空気が変わってくる。「うだつの上がる町並み」周辺は開けた平地で商人が住む町。川の先は山が迫ってくる。左手には山、右手には板取川《いたどりがわ》。むかしはこの山の麓《ふもと》の細い土地に、紙漉きをする人々が集落を作って住んでいた。

美濃和紙の里会館に着き、受付で名乗ると、奥から男の人が出てきた。なんとなく見覚えがある……。黒縁の眼鏡に気さくそうな顔をじっと見つめ、前に来たときの紙漉き体験の先生だと気づいた。

「あのときの先生！」

「こんにちは、お久しぶりです。前に女性ふたりで来たお客さんですよね。あのあと藤崎さんから記念館でバイトしている人だって聞いて。若いのに妙に熱心なお客さんだなあ、と思ってたんですが、そういうことだったのか、と」

先生がにこにこ笑って言った。四年半経っているが、髪型が少し変わっただけ。前と同じく、親しみやすい話し方だった。

「今回はよろしくお願いします。藤崎産業の吉野百花です」

わたしは会社の名刺を差し出した。

「一日体験ではお世話になりました。あのときの紙、まだ大事に持ってます」

ふつうの紙、落水紙、柄入りの落水紙、葉っぱ入りの紙。あとからシャワーをかける落水紙の方が少しごまかしが利いて、ふつうの紙をきれいに漉くのがいちばんむずかしかった。

「よろしくお願いします。わたしは古田《ふるた》って言います」

先生がポケットから名刺を取り出す。

「今日から早速研修にはいっていこうと思うんですが。この前、説明のビデオも見てもらって紙漉きの概要も説明しましたし、記念館で働いている方なのでそこは省略して、今日は塵取《ちりと》りや叩解《こうかい》の作業をしてもらいます。お昼はまだですよね?」

古田さんが壁の時計を見る。十二時半になろうとしているところだった。

「はい、まだです」

「そしたら荷物は受付で預かります。館内のレストランでまず食事をしてもらって、一時半に下の工房に来てください」

受付にキャリーバッグを預け、館内のレストランへ。前と同じように日替わりランチを食べていると、自然と前に来たときのことを思い出した。

記念館で紙や紙漉きのことを勉強して、あのときよりくわしくなったとは思うけど、東秩父で体験したのは溜《た》め漉きだったし、考えたら流し漉きはあのとき以来? ということは、上達してるわけがない。あのときのレベルからのスタートってことだ。

一時半になり、工房の前に戻った。古田さんはもう工房で準備をしていた。わたしも言われた通りエプロンをつけ、工房にはいった。

その日は半日、塵取り作業を続けた。記念館の紙漉き工房で使う材料は美濃の製紙企業組合で手配してもらうことになっている。学校や体験工房で使えるように調整された原料なので、塵取りや叩解などの工程は必要ない。

しかし、白い紙を作るためには重要な工程で、紙漉き職人の仕事の大部分は、こうした前作業なので、まずはそれをしっかり体験してほしい、と言われた。

窓際に設置された水道の下で、水に浸《つ》かった楮《こうぞ》の繊維から細かい茶色の部分を指で取り去る。身体をかがめ、繊維を見ながら小さな塵を探す。続けていると背中と腰が痛くなる。ときどき背中をのばし、両腕をまわしたりしながら黙々と作業を続けた。

宿は民家を改修したゲストハウスだった。美濃和紙の里会館まで歩くと三十分かかるため、自転車を借りることにした。朝食と夕食もお願いした。

和紙を用いた作品制作をしているクリエイターの人たちも泊まっていて、夕食のあと、作品の写真を見せてもらったりもした。わたしが川越にできる記念館の話をすると興味を持ってくれて、開館したらぜひ見に行きます、と言ってくれた。

二日目は原料の調合や混ぜ方を学んだ。紙料液のなかには繊維と、ネリ（美濃ではネベシ）と呼ばれる粘性のある液体を入れる。伝統的な手法ではトロロアオイの根など植物から抽出するが、安定した品質のものを得ることはむずかしいので、記念館の工房では化学的な加工物で代用することになっていた。

三日目からはひたすら紙漉きの練習だった。白く濁った紙料液のなかに簀桁《すけた》を斜めに差し入れる。紙料液を汲《く》み、簀桁を水平に、前後左右に素早く均等に振り、繊維を絡ませる。

紙の繊維はすぐに薄い膜を作るので、素早く簀桁を前に傾け、余分な水分を払う。紙の厚みを見ながらこれを何度もくりかえす。適切な厚さになったら、最後に一度しっかり水を払い、簀から紙を取り外す。

漉きあがった紙は積み重ね、重石《おもし》をのせて水切りする。水気が切れたら板に伸ばして張りつけ乾燥させる。天日干しでも良いが、記念館では短時間で乾燥させるために熱する装置をつけた鉄板を使うことになっていた。

紙漉き練習一日目の午前中は失敗ばかりだったが、午後になるとだんだん身体が慣れてきて、簀桁をなめらかに動かせるようになった。払い水も前回よりはうまくできるようになり、二日目になるとなにも考えずに漉けるようになってきた。

変に考えると力がはいって失敗する、とは言われていたけれど、考えないと手順を思い出せない。まちがえないように、と肩に力がはいってしまう。それが、しだいに考えずとも身体が動くようになった。

本美濃紙と言えるものを漉ける人はもう数えるほどしかいないという。二日や三日研修を受けただけではまだまだなにもわかったとはいえない。それでも、ああ、こういうことなのか、と思う瞬間もあった。

自分が簀桁を操っているのではなく、自分も道具の一部になったような感じ。自分が自分であることを忘れて、紙漉きの世界に溶けこんでいく感じ。

ものづくりは人の心を解放する。ものと向き合って集中しているとき、人は自分のことを忘れる。自分という枠のなかで縮こまっていたなにかが手先から流れ出し、大きなものの一部になる。自分のことを忘れる時間こそ、自由なのかもしれない、と思った。

最後の日には、落水紙や草花を挟みこんだりする技法を学び、記念館で名刺や葉書を漉くことを考え、溜め漉きの方法も学んだ。最後にすべての工程をひとりでおこなう試験も受け、古田さんから修了証を受け取った。

ひととおりできるようにはなった。だが最初から最後までひとりでできるか、と言われたら心もとない。正直にそう言うと、古田さんは大丈夫ですよ、と笑った。

「紙漉きを全部ひとりでできるようになろうと思ったら、ほんとは一年程度の研修は必要ですよ。でも、記念館には専門の職人さんがいらっしゃるんでしょう？」

「はい、研修施設の先生をしている方と、そこで研修を受けた方が……」

「なら、その方たちについてやってれば、そのうちできるようになりますよ。慣れですから。それに、記念館には藤崎さんもいるんでしょう？　あの人は紙漉きもめちゃくちゃうまいですからね。ほかの人になにかあっても、藤崎さんがいればなんとかなりますよ」

古田さんは笑顔でそう言った。

研修最終日の翌日、紙こもの市の打ち合わせのため、製紙企業組合の運営するショップに行った。うだつの上がる町並みのなかにあり、以前美濃に来たときは、このショップに併設されている、むかしの紙商の邸宅を改修した宿に泊まったのだ。

ショップは製紙組合のショールーム的な役割を果たしていて、七月の紙こもの市の運営も請け負っている。紙こもの市では宿の建物も使うそうで、紙屋ふじさきのブースもそのなかに配置されると聞いた。

コラボ商品については、記念館のベーシックラインについて説明し、美濃和紙とのコラボもベーシックラインの番外編的な位置づけのものを提案した。

いまは美濃の製紙企業組合でも懐紙の製作に力を入れているそうなので、相談の上、組合の技術を使った透かし和紙の懐紙、ポチ袋、レターセットの製作が決まり、童謡シリーズでまだベーシックラインにはいっていない「故郷」を使うことにした。

真っ白い紙に大きくウサギと小鮒《こぶな》の透かし模様を入れる。図案の作成は持ち帰り、石井さんにお願いすることにした。

滞在の最終日は製紙企業組合の方の案内で機械抄《す》き和紙の工場を見学し、前回来たときに行けなかった「美濃手すき和紙の家旧古田行三《ふるたこうぞう》邸」を見に行った。

川沿いの道を歩きながら、山の麓《ふもと》に建つ家々をながめる。この土地で紙を漉いてきた人たちの暮らしのことを考えていると、最後のゼミで笹山先生が言っていたことが頭に浮かんできた。

――どんな仕事も、これまでの歴史を背負っている。過去を背負い、先に進む。生きるとはそういうことです。世の中はいいことばかりではないですから、苦しむこともあるでしょう。でも、よく生きてください。

よく生きる、ということがどういうことか、わたしにはまだよくわからない。どう生きればよく生きたことになるのか。

――お父さんは学者じゃなかったけど、ここに来るとよく「自分もなにかを成し遂げることができるのか」って言ってたっけ。

柳田國男館の前で母はそんなふうに言っていた。

――そのときにはお父さんはすでに何冊も本を書いてたし、もう何冊も著作があるじゃないですか、って言ったんだけど、小説のなかで後世に残るものなんてほんのひと握りだよ、って笑ってた。

何冊も本を書いた父でさえ、そう思っていた。でも、そう思えるのは、父がよく生きようと思っていたからだ。少しでも良い方に進もうと思っていたからだ。いまはそう思うし、そういう父を持ったことを誇りに思う。

三月が終わろうとしているが、美濃はまだ寒い。まだ寒々とした山と光る川面《かわも》を見ながら、小さく「故郷」の歌を口ずさんでいた。

8

四月、正式な人事の発表があり、烏丸さんとわたしは記念館に配属された。記念館も建物、什器《じゅうき》ともに整い、藤崎さんを含め、翌日から川越に通い、展示物をならべたり、ショップのディスプレイや商品の整理を進めたりすることになった。

蔵に設置する紙漉きスペースも準備が進み、道具や資材を購入し、講師をつとめる職人さんたちとの打ち合わせもおこなった。紙結び、笠原紙店、三日月堂とのコラボイベントの件も相談を重ね、五月のオープニングセレモニーの出欠の返事も出そろった。

社内関係者では、社長や重役のほか、今回は久しぶりに薫子さんもやってくることが決まっていた。取引先や、以前の記念館のころにお世話になった人たち、記念館の製品を作ってくれている職人さんたち、綿貫さんや、物語ペーパーでお世話になった古書店の人たち、これから付き合っていく川越の人たち、ずっと手伝ってくれていた莉子や小冊子研究会の人たちにも声をかけた。

セレモニーのメイン会場は店蔵の二階。簡単な飲み物とオードブルをふるまい、一階のショップや蔵を自由に見てもらう。参加者の人数に合わせて、食べ物や飲み物の手配もおこなった。会場に飾る横断幕は前の記念館によく来てくれていた筆耕の柳田《やなぎだ》さんにお願いした。

そして、わたしは藤崎さんからセレモニーの司会をするように言われた。

「わたしが、ですか？」

「そうだよ、前の記念館のワークショップのときも、最初と最後のあいさつは吉野さんがしてたじゃないか」

「そうですけど、ワークショップとは……」

規模が全然ちがう。社長や社のお偉方、取引先の人だってたくさん参加するのだ。

「僕は館長としてあいさつに立たなくちゃいけないし、準備室、いや、アルバイトのときからがんばってきたんだから、吉野さんがいちばん適任だろう？」

いや、こういうのは貢献度で決めるんじゃなくて、適性というか……。もっと人前で話すのが得意な人がするべきなんじゃ……？

「そうですよ、吉野さんしかいないですよ」

烏丸さんも、うんうん、とうなずく。

「はじめてだとか、人前に立つのは慣れてないとか、いろいろあると思うけど、ほかの人じゃなくて、僕は吉野さんにやってもらいたいんですよ」

藤崎さんがしずかに言った。その真剣な眼差《まなざ》しを見て、思わず背筋がのびた。

やるしかない、と思った。アルバイトのときからずっと記念館にお世話になってきた。もう五年だ。入学したばかりの小学一年生が六年生になるくらいの時間が流れている。

「わかりました。がんばってみます」

大きく息を吸って、そう答えた。

当日は朝からよく晴れ、わたしは叔母《おば》から借りた淡いピンクの付け下げを着た。小槌《こづち》や巾着《きんちゃく》、箕《み》、巻物などの描かれた宝尽くしの柄で、着つけも叔母がしてくれた。

お昼過ぎ、松岡さんと本宮さんが会場準備の手伝いに来てくれた。いっしょに館内を整え、入口に紙屋藤崎の紋がはいった暖簾《のれん》をかける。

三年前、閉館セレモニーを開催できず、悔しい思いをした。関わってくれた人たちに感謝を伝えることもできず、記念館は閉じてしまった。

でもそれがいま、別の形で叶《かな》おうとしている。しかも閉館じゃなくて、開館。過去を想うのではなく、これからに向けた会だ。

食べ物、飲み物もやってきて、開場時間が迫ってくる。受付を松岡さん、本宮さんにまかせ、烏丸さんとわたしは手分けして館内の準備をもう一度チェックした。

時間より少し前、社長と社長夫人、晃成さん、めぐみさんがやってきた。今日のセレモニーでは、童謡シリーズに合わせて声楽家であるめぐみさんに何曲か歌ってもらうことになっていた。

少し遅れて、薫子さんと朝子さんもやってきた。薫子さんはきれいな水色のワンピースを着ていて、元気そうだ。

「百花さん、久しぶり。お着物、素敵ね」

久しぶりに薫子さんの笑顔を見ることができて、なんだかじわっと涙が出た。

「よくがんばってくれましたね。こんな素敵な施設になって、とてもうれしいわ」

薫子さんはそう言って、館内を見まわしている。

「奥の蔵に紙漉《かみす》き体験スペースがあるんでしょう？」

「はい、できてます。こちらです」

わたしは薫子さんを蔵まで案内した。

「うわあ、ほんとにできてる。ここで紙を漉けるのね、すごいわ」

薫子さんは漉き舟を見て目を細めた。

「わたしもいつかここで漉いてみたい」

「いつでもお越しください」

そう答えたとき、受付の方からわたしを呼ぶ声が聞こえた。見ると、モリノインクの関谷さんや、箱職人の上野さん、墨流し作家の岡本さんの姿が見えた。

「どうぞ、お客さまのところに行ってきて。わたしはひとりでもう少しなかを見てから二階に行くから」

薫子さんの笑みに見送られ、受付に向かった。

セレモニーの会場に人が集まり、開会の時間が迫ってきた。会場の前方のひな壇前の横に設置されたマイクの前に立ち、もう一度司会用の原稿に目を落とす。

藤崎さんに何度も内容をチェックしてもらい、昨日の夜も何度も見直して、もう内容はほとんど頭にはいっている。だが、集まった人たちを目にしたら、数に圧倒され、頭が真っ白になってしまうかもしれない。心臓がどきどきして、外に飛び出しそうだ。

原稿を握りしめたとき、烏丸さんがやってきて、そろそろです、と言った。

「めちゃめちゃ緊張する。声がふるえちゃったらどうしよう」

おどおどしながら烏丸さんに言った。

「大丈夫ですよ。だって、ここにいる人、ほとんど知り合いなんでしょう？」

「それはまあ、そうだけど……」

「みんな吉野さんががんばってきたって知ってますよ。藤崎さんだって、吉野さんにやってもらいたい、って言ってたじゃないですか」

烏丸さんが向かい側に視線を向ける。藤崎さんと社長、晃成さん、薫子さんがならんで立って、微笑んでいる。この記念館を作るために、薫子さんや社長、晃成さんがどれだけ心を傾けてきたか。それを思うと、胸がいっぱいになる。

「時間になりました。吉野さん、ファイトです！」

烏丸さんが小声でささやく。すうっと息を吸って、一歩足を前に踏み出した。

「それでは皆さま、たいへんお待たせいたしました。本日は『紙屋ふじさき記念館』オープニングセレモニーにご列席いただき、まことにありがとうございます」

わたしがお辞儀をすると、会場がしんとなった。大丈夫。声もふるえていない。気持ちも少し落ち着いてきて、ゆっくりと言葉を続けた。

「日本橋を離れ、川越というあらたな場所に念願のあらたな記念館が完成し、本日披露させていただく運びとなりました。この喜びを分かち合うとともに、日ごろのご厚情に感謝の意をあらわしたいと存じます。まずはじめに藤崎産業株式会社社長より、ごあいさつがございます」

社長がゆっくりと壇上にあがり、あいさつがはじまった。紙屋藤崎の歴史にはじまり、昨今の状況や今後の記念館に期待する役割に関する話が続く。

その後は、館長の藤崎さんがスライドを使って館内の簡単な説明をおこなった。その後数人、ゲストの方からお祝いの言葉をいただき、乾杯。お食事と歓談の時間となり、お客さまには自由に館内をめぐってもらうことになった。

ゲストの名前もまちがえなかったし、一度も噛まずに話すことができた。とりあえず司会としていちばん緊張する場面を切り抜けることができ、ほっと一息である。

「お疲れさま」

烏丸さんが飲み物を持ってやってきた。

「吉野さん、めちゃくちゃ落ち着いてたじゃないですか」

笑って、飲み物を差し出す。

「落ち着いてないよ、全然」

「でも、ばっちりでしたよ。しばらくは歓談タイムですし、吉野さんも皆さんと話してきてください」

烏丸さんに言われて、わたしも会場にいる知り合いにあいさつしてまわった。

なんと三日月堂の弓子さんはお腹が大きくなっていた。一月におこなわれた『手仕事をめぐる旅』の刊行記念パーティーのときは妊娠初期でまったく気がつかなかったが、いまは妊娠八ヶ月。はじめてのお子さんで、男の子らしいです、と微笑んでいた。

天気が良かったので、中庭にも食べ物と飲み物のテーブルを設けた。みな楽しそうに館内をまわり、語り合っている。久しぶりに再会した人も多かったのだろう。あちらこちらから笑い声が響いていた。

めぐみさんの発案で、めぐみさんは中庭で歌うことになった。中庭のまわりに人が集まり、めぐみさんがあいさつする。近隣のことも考えて、伴奏はめぐみさんの知り合いのビオラ奏者だけ。庭のまわりがしんとしずまりかえり、ビオラの演奏がはじまった。

童謡シリーズの「海」「花火」「雪」「春の小川」、そして「故郷」。めぐみさんの歌う童謡が会場を包んでいく。

志を　はたして
いつの日にか　帰らん
山は青き　故郷

水は清き　故郷

前にめぐみさんのリサイタルでこの歌を聴いたとき、なつかしさで胸がいっぱいになった。自分にはこんな故郷はないのに、どうしてこんなになつかしい気持ちになるんだろう、と思った。

たしかにわたしにはこの歌で歌われているような故郷はない。飯田は母にとっては故郷だけど、わたしにとってはちがう。

でも、そういうことじゃないんだ。

志を果たす。果たせないかもしれないけれど、それに向かって歩く。生きるとはそういうことだ。そうやって生きて、いつの日かどこかに帰る。

よく生きよう、精一杯生きよう。できることはかぎられているかもしれない。それでも、ここにいる人たちとともに、これまでわたしたちみんなで育ててきたものを、次の人たちに手渡すために生きていこう。

中庭を見まわす。莉子や石井さんもいる。母と叔母もいる。綿貫さんや関谷さん、上野さん、浜本さん、岡本さん。古書店や道草書房の人や川越で出会った人たち。烏丸さん、本宮さん、松岡さん、藤崎産業の会社の人、薫子さん。

ビオラの音が途切れ、拍手が起こる。

「ここからだね」

藤崎さんの声が聞こえた。いつのまにか、藤崎さんが横に立っていた。

「そうですね」

わたしも目を合わさずにうなずいた。

「ここまで来られたのは、吉野さんのおかげだよ。ありがとう」

その言葉に驚く。最初に日本橋の記念館で会ったときのことを思い出した。あのときはこの人に雇われるのか、と逃げ出したい気持ちでいっぱいだった。でもいまは、藤崎さんと出会えたことが天から与えられた素晴らしい贈り物だったんだと思う。

目指すものができた。志が生まれた。だからわたしはこうしてここにいる。

どう答えたらいいかわからず、じっと地面を見つめた。

「これからもよろしく」

藤崎さんの声がした。顔をあげると、藤崎さんがこっちを見てにっこり微笑んでいた。

「いっしょにがんばりましょう」

その言葉に気持ちがふわっと溶ける。

「はい、よろしくお願いします」

わたしも笑顔でそう答えた。

めぐみさんの歌が終わり、集まった人々が動き出す。みんなの楽しそうな声を聞きながら、ここを良い場所にしたい、良い場所にしよう、と考えていた。

本書は書き下ろしです。

紙《かみ》屋《や》ふじさき記《き》念《ねん》館《かん》

あたらしい場所《ばしょ》

ほしおさなえ

令和5年 11月25日　初版発行

発行者●山下直久

発行●株式会社KADOKAWA
〒102-8177　東京都千代田区富士見2-13-3
電話　0570-002-301（ナビダイヤル）

角川文庫 23861

印刷所●株式会社暁印刷
製本所●本間製本株式会社

表紙画●和田三造

●お問い合わせ
https://www.kadokawa.co.jp/（「お問い合わせ」へお進みください）
※内容によっては、お答えできない場合があります。
※サポートは日本国内のみとさせていただきます。
※Japanese text only

ISBN 978-4-04-114139-7　C0193